떡볶이를 두고, 방정식을 먹다

떡볶이를 두고, 방정식을 먹다

(청소년 성장소설 십대들의 힐링캠프, 수학)

[십대들의 힐링캠프®] 시리즈 NO.15

지은이 ｜ 박기복
발행인 ｜ 김경아

2018년　7월 17일 1판 1쇄 발행
2019년　4월　5일 1판 2쇄 발행
2020년 10월 25일 1판 3쇄 발행(총 6,500부 발행)

이 책을 만든 사람들
책임 기획 ｜ 김경아
기획 ｜ 김효정
북 디자인 ｜ KHJ북디자인
교정 교열 ｜ 좋은글
경영 지원 ｜ 홍종남
표지 일러스트 ｜ 발라

이 책을 함께 만든 사람들
종이 ｜ 제이피씨 정동수 · 정충엽
제작 및 인쇄 ｜ 천일문화사 유재상

펴낸곳 ｜ 행복한나무
출판등록 ｜ 2007년 3월 7일. 제 2007-5호
주소 ｜ 경기도 남양주시 도농로 34, 부영e그린타운 301동 301호(다산동)
전화 ｜ 02) 322-3856 팩스 ｜ 02) 322-3857
홈페이지 ｜ www.ihappytree.com
도서 문의(출판사 e-mail) ｜ e21chope@daum.net
내용 문의(지은이 e-mail) ｜ yesreading@gmail.com
※ 이 책을 읽다가 궁금한 점이 있을 때는 지은이 e-mail을 이용해 주세요.

ⓒ 박기복, 2018
ISBN 979-11-88758-05-0
"행복한나무" 도서번호 : 106

떡볶이를 두고, 방정식을 먹다

| 박기복 지음 |

행복한 나무

"수학을 떡볶이처럼 맛있게 버무린 소설"

　수학을 소재로 하는 소설책은 흔하지 않아서 반가운 마음에 단숨에 읽었다. 이 책은 수학을 극도로 싫어하던 주인공이 조금씩 수학에 대해 열린 마음을 갖기까지 과정을 그렸다. 작가가 청소년과 같이 호흡하는 전문 작가여서 10대들이 갖는 그들만의 고민과 그 변화 과정을 섬세하게 묘사했다. 독자가 학부모라면 자녀들이 갖는 고민에 좀 더 가까이 갈 수 있고, 10대라면 공감하며 "맞아, 맞아."를 연발할 것이다.

　보통 수학은 높은 점수를 받고 대학을 가기 위한 수단으로만 본다. 그래서 당장 한 문제라도 더 풀어야 한다고 생각하기 쉽다. 수학처럼 긴 과정을 거쳐야 잘하는 과목에 조급함은 자칫 일을 그르칠 수 있다.

　이 글의 주인공처럼 수학을 싫어하는 마음을 서서히 바꾸는 것은 참 어려운 일이다. 그러니 처음부터 수학을 싫어하지 않도록 하는 것이 좋다. 급할수록 여유와 방향을 가늠해 볼 수 있어야 한다.

　이 책은 수학이 실생활에 얼마나 밀접해 있는지, 또 어떤 역할을 하는지에 대해 잘 말해 주고 있다. 눈앞에 펼쳐진 도형으로 이루어진 세상, 신호등 안에 있을 방정식, GPS 속에 숨어 있는 함수를 생각해 보는 것 등……. 어찌 이렇게 수학을 떡볶이처럼 맛있게 버무릴 수 있을까? 작가의 상상력과 해박한 지식에 찬사를 보낸다.

　당장 한 문제를 더 푸는 것도 중요하지만, 수학 자체에 대해서 생각하는 기회가 되었으면 좋겠다. 세상의 모든 것은 마음이 결정한다는 것을 믿는다.

조안호

차림표

3.14 초코π

나는 14를 참 싫어했다. π값인 3.14에 14가 들어가기 때문이다. 동그라미만 보면 저절로 3.14를 떠올려야만 하던 때가 있었다. 3.14를 곱할 때마다 혹시라도 틀릴까 봐 조마조마했다. 그냥 3으로 계산하면 원둘레든, 지름이든 훨씬 계산하기 편할 텐데 14가 따라붙는 바람에 계산이 힘들었다. 14란 숫자는 꼴도 보기 싫었다.

조금 지나니 3.14는 π로 바뀌었다. 지긋지긋한 곱셈을 하지 않고 π만 쓰게 되자 잠시 기뻤다. 안타깝게도 말 그대로 '잠시'였다. π를 써야 하는 문제들은 모두 만만치 않았다. 차라리 3.14를 쓰던 때가 더 그리웠다. 어릴 때부터 초코파이를 무척 좋아했는데 파이(π)에 질려 버린 뒤에는 초코π(파이)도 먹기 싫어졌다.

그러다 1학년 여름방학인 8월 14일에 초코π를 땅에 묻고 조각 케이

크를 먹었다. 그날부터 14는 내가 가장 좋아하는 숫자로 탈바꿈했다. 14만 보면 나도 모르게 웃음이 나고, 좋은 일이 일어나리라는 기대가 생겼다.

　나는 현재 중학교 3학년이다. 지난 두 해 동안 14와 함께 그 어떤 대한민국 중학생보다 기쁘게 살았다. 한동안 싫어하던 초코파이도 즐거운 먹을거리로 되돌아왔다. 그러다 8월 14일을 20일 앞둔 날, π 없는 세상에서 자유를 누리던 내게 다시 악몽이 찾아왔다.

　악몽은 아주 작은 실수에서 비롯하였다. 화장실에서 나비가 실수로 날갯짓을 한 번 했을 뿐인데 거대한 폭풍이 내 삶을 휩쓸어 버렸다.

[이]
초코π를 묻은 날

"수학학원 안 가니?"

내가 가장 듣기 싫어하는 말이었다. 수학학원 갈 시간이 되면 어김없이 들려오는 이 문장이 끔찍하게 싫었다.

수학학원에 갈 시간이 되면 나는 늘 미적거리며 딴짓을 했다. 괜히 심통을 부리고, 아픈 척도 했다. 문제집이 가방에 있는데도 방 곳곳을 서성거리며 찾는 시늉을 했다. 그러면 엄마가 팔짱을 끼고 나를 째려보며 이 문장을 발사했다.

"수학학원 안 가니?"

엄마가 다그치지 않아도 수학학원에 가야 할 시간인지 나도 알지만, 알기 때문에 더욱 딴짓에 매달렸다. 그 문장이 귀로 파고들 때마다 두드러기가 돋고, 호흡이 가빠졌다. 빛 한줌 없는 밀실에 갇힌 듯 숨이 막

떡볶이를 두고, 방정식을 먹다

했다.

수학학원에 가기 싫어서 기도도 참 많이 했다.

– 비가 폭포처럼 내려서 수학학원 가는 길이 끊어지게 해 주세요.

– 눈이 산더미처럼 쌓여서 길이 완전히 막히게 해 주세요.

– 지진이 나서 수학학원이 무너지게 해 주세요.

– 수학학원에 미사일이 떨어지게 해 주세요.

기도는 이루어지지 않았다. 아무래도 지나치게 큰 소망을 바라는 듯해서 작은 소망으로 바꿔서 기도를 드렸다.

– 수학학원 선생님이 아파서 수업 못한다는 전화가 오게 해 주세요.

– 수학학원이 망해서 안 가게 해 주세요.

– 갑자기 엄마 마음이 착해져서 수학학원을 끊으라고 해 주세요.

내 딴에는 작은 소망을 담은 기도였는데, 신은 큰 소망이라고 판단하셨을까? 아니면 신은 착한 사람 소원만 들어주는데 나는 착하지 않은 사람인 걸까? 이유는 모르겠지만 신은 내 기도를 단 한 번도 들어주지 않았다. 기도를 들어주시면 평생 동안 꿋꿋하게 믿겠다는 다짐까지 했지만 들어주시지 않았다.

하도 내 기도가 이루어지지 않아서 그 까닭을 깊이 따져 보기도 했다. 처음에는 '신이 없는 걸까?' 의심하다가 나중에는 내 기도에 문제가 있다는 결론을 내렸다. 폭우, 폭설, 지진, 미사일 등은 이루어지기 쉽지 않고, 피해도 많이 생긴다. 아마 신은 그런 기도는 들어주기 힘들 것이다. 또한 학원 선생님이 아프고 학원이 망하게 하는 기도도 들어주기 어려울 수 있다. 내 이득을 보자고 남에게 상처를 주면 안 되기 때문이다. 엄마 고집은 블랙홀보다 강력하기에 신이라고 해도 쉽지 않을 것이다.

그래서 기도 방향을 180도 바꿨다.

- 제 몸을 아프게 해 주세요.

- 딱 하루만 아프게 해 주세요.

- 독감에 걸려서 고생하게 해 주세요.

나를 아프게 해 달라는 기도는 신이 얼마든지 들어주실 거라고 여겼다. 갑자기 배탈이 나거나, 머리가 찢어지게 아프거나, 제대로 서 있지 못할 만큼 어지러워서 쓰러지게 해 달라는 기도쯤은 신이 가뿐히 들어주실 거라 믿었다. 그런데 아무리 기도를 해도 어찌된 일인지 내 몸은 아프지 않았다. 숙제에 지치고, 잠을 제대로 못 자도 건강하기만 했다. 남들은 잘만 걸린다는 감기에도 걸리지 않았다. 감기에 걸리려고 독감 걸린 애와 바짝 붙어서 지내고, 심지어 독감 걸린 애가 쓰는 컵을 같이 쓰기까지 했는데도 내 몸은 멀쩡했다. 가벼운 콧물감기나 목감기도 걸리지 않았다. 도대체 내 몸은 왜 이렇게 튼튼한 걸까? 신을 원망하기도 하고, 나를 지나치게 건강하게 낳고 길러 준 엄마 아빠도 원망해 봤지만, 부질없는 짓이었다.

그런데 딱 한 번 엉뚱한 일로 수학학원에 못 갔다. 안 간 게 아니라 못 갔다. 그날은 기도도 하지 않고, 미적거리지도 않았다. 작은 머뭇거림도 없이 자포자기하며 집을 나섰다. 현관문을 나선 뒤 승강기를 탔다. 부드럽게 내려가던 승강기가 갑자기 멈춰 섰다. 이런저런 단추를 아무리 눌러도 승강기는 움직이지 않았다. 고장이었다.

고장 신고를 하고 기다렸다. 승강기는 빨리 고쳐지지 않았다. 시간이 점점 지나면서 수학학원을 가지 못할 수도 있겠다는 생각이 들었다. 승강기에 갇힌 채 한참 시간이 지났다면 겁을 먹을 만한데도, 어떻게 보면 위급한 상황인데도 두려움 따위는 없었다. 그저 수학학원을 가지 않아도 되는 상황이 기뻤다. 승강기에 갇힌 시간 동안 가만히 승강기 구석에 앉아 수학학원에서 해방된 기분을 마음껏 누렸다.

갇힌 지 한 시간 쯤 지난 뒤 승강기 문이 열리고 파랗게 질린 엄마가 나를 꼭 껴안았다.

"수학학원 늦었어."

엄마를 보자마자 내가 한 말이었다.

엄마는 내 머리를 쓰다듬더니 내 눈을 물끄러미 보았다.

"괜찮아, 괜찮아! 오늘은 안 가도 돼!"

엄마 목소리가 조금 떨려 나왔다.

"안 가도 돼?"

"응, 그래, 그래!"

엄마는 다시 한 번 나를 꼭 끌어안았다. 그날 저녁, 엄마는 그 어느 때보다 나를 잘 챙겨주었고, 나는 더할 나위 없는 행복을 누렸다.

그 뒤로는 승강기에 탈 때마다 승강기가 고장나기를 바랐지만 그런 행운이 다시 찾아오지는 않았다. 한 번만 더 멈추게 해 주시면 이번에야말로 평생 동안 믿겠노라고 기도했지만, 신은 기도를 들어주지 않았다. 승강기에 탈 때마다 승강기에 갇힌 채 누리던 편안함이 떠올랐고, 그 순간이 사무치게 그리웠다.

수학학원에 가기 싫은 주된 이유는 바로 숙제였다. 수학학원 선생님들은 숙제를 왜 그렇게 많이 내주는지 모르겠다. 배우려고 학원을 다니는지 숙제를 하려고 학원을 다니는지 헷갈릴 때가 많았다. 숙제를 내줄 때, 학원 선생님들이 짓는 표정을 보면 사악한 기운이 느껴졌다. 어디 한번 괴로워 봐라 하고 심통을 부리는 악당들 같았다. 우리들을 괴롭히려고 지옥을 탈출한 괴물들 같기도 했다.

친구들은 종종 몰래 답지를 보고 수학 숙제를 해 가기도 하지만 나는 그런 꼼수를 쓴 적이 없다. 어떻게 하든 내 손으로 다 했다. 그렇게 성실하게 했음에도 엄마는 내 성실성을 믿어 주지 않았다. 내가 한 숙제를 보여 줘도 안 믿고, 엄마 두 눈으로 샅샅이 살피고도 안 믿었다. 엄마는 오직 점수만 믿었다. 수학학원에서 1주일에 한 번씩 시험을 보았는데 시험 점수는 곧바로 엄마 스마트폰으로 날아갔다. 스마트폰에 뜬 점수가 높아야 엄마는 내 성실함을 인정해 주었다.

"수학 점수가 이게 뭐니?"

엄마가 스마트폰을 들여다보며 나를 째려보면 나는 납작 엎드렸다. '문제가 어려웠다', '범위가 넓었다', '계산 실수를 했다'와 같은 변명은 엄마에게 통하지 않았다. 내가 아무리 성실하게 숙제를 해도 수학학원에서 얻은 점수가 낮으면 나는 숙제를 제대로 해 가지 않은 불성실한 딸로 찍혔고, 내 점수가 높으면 숙제를 제대로 못했더라도 성실한 딸로 평가받았다. 엄마는 오직 점수로만 내 성실함을 판단했다.

그 점이 억울해서 엄마에게 따져 보기도 했다.

"엄마는 맨날 점수만 따져. 엄마는 결과보다 과정이란 말도 몰라?"

다른 엄마들은 딸이 이렇게 말하면 어떻게 대꾸하는지 모르겠지만, 엄마는 팔짱을 딱 끼고 나를 한심하게 쳐다본다. 아무 말 않고 표정으로 모든 말을 다 한다. 엄마가 만들어 내는 묘한 침묵 속에서 내 반항심은 고양이 앞발에 잡힌 쥐 꼴이 되어 버린다.

이미 기가 죽어 대들 힘조차 없는 내게 엄마가 물었다.

"전쟁에서 열심히 싸웠는데 지면 어떻게 돼?"

굳이 대답을 하라는 질문이 아니다. 당연한 말이니 새겨들으라는 뜻을 담은 질문이다. 괜히 답을 하면 더 센 잔소리가 날아든다.

"전쟁에서 진 사람이 열심히 싸웠다고 하면, 괜찮아지니? 전쟁에서 지면 나라가 망하는데 나라가 망하고도 열심히 싸웠다고 하면 괜찮아져? 전쟁에서 과정은 의미 없어. 오직 결과야. 어떻게든 이겨야 해. 승자는 모든 걸 갖고, 패자는 모든 걸 잃어. 그게 전쟁이야!"

그러고서 엄마는 잠깐 뜸을 들였다. 그 순간 엄마는 아주 강력한 주먹을 날리려고 온몸에 힘을 넣는 격투기 선수처럼 보였다.

"입시는 전쟁이야! 이기면 모든 걸 갖고, 지면 다 잃어. 아무리 열심히 노력했다고 변명해 봤자, 좋은 대학에 못 가면 끝이야. 알겠니?"

그 순간에 모르겠다고 대꾸할 만용이 내게는 없다. 알겠다고 하고 말지만 마음은 개운치 않다. 엄마가 딸에게 이렇게 대놓고 입시를 전쟁에 비유해도 되는 걸까? 그래도 자식을 키우는 엄마라면 공부하는 이유를 조금 더 그럴 듯하게 말해야 하지 않을까? 살아가는 의미를 찾는다든지, 세상을 더 잘 이해한다든지, 지식으로 세상에 도움이 된다든지, 꿈을 이루려면 어쩔 수 없지만 해야 한다든지……! 뻔하긴 하지만 사탕발림 같은 말을 해 줘야 반박할 틈이 생긴다. 내 숨구멍도 조금 열린다. 그렇지만 엄마가 입시를 전쟁에 견줘 버리면 대꾸할 엄두가 나지 않는다. 엄마는 에둘러 말하는 법이 없다. 늘 적나라하게 치고 들어온다.

"너희들은 절대 결혼한 뒤에도 일 그만두지 마! 엄마를 봐! 너희 둘 낳아 키운다고 일 그만두었더니 이제 뭘 하고 싶어도 못해. 기껏 해 봐야 몸으로 때우는 일이나 해야 하고."

엄마는 종종 우리 자매들을 앉혀 놓고 이렇게 강조한다.

"난 결혼할 생각 없는데……."

한 번은 엄마에게 살짝 대드는 마음으로 이렇게 대꾸했더니, 뜻밖에도 엄마가 반색을 했다.

"그것도 괜찮은 생각이야."

"정말?"

"결혼을 꼭 해야 하니?"

당연히 아니다. 결혼은 선택이다.

"그러니까 공부 열심히 해. 결혼 안 하고 혼자 살려면 실력이 탄탄해야 돼. 실력도 없는데 혼자 살면 그것처럼 궁상맞은 꼴이 없어."

결국 공부다. 엄마는 '기승전…공부'다. 모든 길은 로마로 통하듯이, 엄마 말은 늘 공부로 통한다.

그러던 어느 날, 하늘이 쪼개지고 땅이 갈라지고 혼자 탄 승강기가 추락하는 듯한 일이 벌어졌다. 말 그대로 악몽이었다. 수학 시험지를 받아들었는데 아는 문제가 하나도 없는 악몽, 수학 문제를 다 풀었는데 시간이 모자라 답지에 옮겨 적지 못해서 허우적거리는 악몽, 시험 날인데 깜빡 잊고 공부를 하나도 안 해서 어떻게든 해 보려 하지만 곧바로 시험 시간이 닥쳐 버린 악몽, 그런 악몽이 현실로 나타났다. 신은 내게 왜 이리 가혹하신 걸까?

"아무래도 수학학원 한 곳을 더 다니는 게 좋겠어."

처음에는 마치 혼잣말 같았다.

"이 학원은 개념은 잘 다져주는데 심화학습이 모자라."

마치 내가 없다는 듯이, 연극에서 독백을 하듯이 엄마는 이런 말들을 내뱉었다. 내가 들으라는 의도가 뚜렷한데도 마치 혼자 속으로 하는 말인 듯했다. 연극에서 독백이 뭔지 잘 몰랐는데 엄마를 보고 바로 알아차렸다. 엄마는 참~~~ 훌륭한~~~ 국어 선생님 같았다. 몇 번을 중얼거리던 엄마는 나를 가만히 봤다.

"심화를 하려면 학원을 한 곳 더 다니는 게 좋겠지?"

'설마'는 '결국'이 되어 나를 지옥으로 끌고 갔다.

"하기 싫으면 안 해도 되고."

말은 '싫으면 하지 말라'고 하지만 분위기는 정반대였다. 엄마는 말이 아니라 분위기로 말했다. 입이 아니라 온몸으로 말했다. 나는 그 분위기에 짓눌렸고, 수학학원 한 곳을 더 다니겠다고 말할 수밖에 없었다.

내 인생에서 가장 비참한 날을 꼽으라면, 나는 머뭇거리지 않고 그날을 꼽는다. 이미 하나로 차고 넘칠 만큼 괴롭고 힘든데 또 다른 고통 속으로 스스로 들어가는 내 신세가 처량했다. 도살장에 제 발로 들어가는 짐승이 이런 심정일까?

첫 날, 하필이면 가자마자 바로 시험을 봤다. 2주에 한 번씩 보는 평가 시험이라고 했다. 평가 시험에서 기준 점수에 미치지 못하면 토요일에 보충 수업을 들어야 하는데, 안타깝게도 나는 기준 점수에 한참 모자랐다. 지나치게 어려워서 손도 대지 못한 문제가 부지기수였다.

숙제도 많았다. 그 학원만 다닌다고 해도 부담스러울 만큼 많은 양이었다. 선생님은 내가 오직 자기 수학학원만 다니는 줄 아는 듯했다. 무거운 숙제를 짊어지고, 토요일 저녁 보충수업이라는 족쇄까지 차고 돌아오는 길에 나는 태어나서 처음으로 가출을 떠올렸다. 이대로 집에 들어가지 말까?

💬 가출 끌림.

💬 확 저질러 버려?

단짝 친구인 연지에게 문자를 보냈다.

💬 '@.@〜 웬 가출?

연지에게서 답장이 왔다.

💬 끔찍해서.

💬 뭐가?

💬 수학학원!

💬 쯧쯧〜.〜 알 만하네.

💬 주말 보충에. 숙제는 산더미. 미쳐 버리겠어. ㅠㅠ

💬 토닥토닥 #.# 집 나가면 개고생.

정말 가출을 할 생각은 없었다. 수학이 버거웠지만 가출은 두려웠기 때문이다. 그렇지만 아예 가출하고 싶은 마음이 사라지지는 않았다. 자유가 그리웠다. 수학이라는 족쇄가 없는 세상에서 살고 싶었다.

토요일, 낮에는 첫 수학학원을 다녀왔다. 저녁에는 둘째 수학학원에서 보충을 했다. 죽을 맛이었다. 이런 삶을 고3까지 살아야 하다니……, 다시 가출을 떠올렸다. 가출할 용기는 없었기에, 연지에게 문자로 하소연을 늘어놓는 게 다였지만.

뻔한 투덜거림을 쏟아 내는데……,

뻔하지 않은……,

내 삶을 바꿔 버린 문장이 내 손 위에 떴다.

💬 수학이 싫으면 미술을 해.

눈이 번쩍 열렸다.

🗨 미술?

💬 미대입시는 수학 안 해도 된대.

연지는 미대입시에 대해 자세히 설명해 주었다. 몇몇 미술대학은 수학을 공부해야 하지만 대부분 미술대학은 수학 성적을 반영하지 않는다고 했다. 대학입시를 하는데 수학을 공부하지 않아도 되는 길이 있다면 주저할 이유가 없었다. 나는 그 순간 바로 미대 쪽으로 진로를 정했다. 내게 미술 쪽 재능이 있는지 따위는 중요하지 않았다. 수학이란 족쇄에서 벗어날 길이 내 앞에 열렸다는 게 중요했다.

"엄마, 나 꿈이 생겼어."

태어나서 엄마에게 한 수많은 말 가운데 가장 멋진 말이었다.

엄마에게 수학이 싫어 미대입시를 선택했다는 말은 하지 않았다. 그런 말로는 엄마를 설득할 수 없기 때문이다. 꿈은 엄마에게 가장 잘 먹히는 수단이었다.

"디자이너가 되고 싶어."

나는 한 번도 뭐가 되고 싶다는 말을 한 적이 없었다. 그런 내가 처음으로 되고 싶은 꿈을 이야기했기에 엄마는 무척 반가워했고, 조금 더 정보를 수집하더니 조건을 걸고 동의를 해 주었다.

"미술학원에 한 달 정도 다녀보고, 해도 괜찮겠다 싶으면 하자."

그렇게 말하고 엄마는 심화학습 때문에 선택한 수학학원을 바로 끊어 주었다.

"그냥 하고 싶다고 꿈으로 삼으면 안 돼. 재능이 중요해. 재능이 없으면 아무리 노력해도 소용없어."

엄마는 내게 한 달 안에 재능을 증명하라고 요구했다. 미술학원이라고는 다녀 본 적도 없는 내가 한 달 안에 재능을 드러내는 것이 쉬운 과제는 아니었다. 그렇지만 나는 그러겠다고 했다. 다만 수학학원 숙제를 다 하면서 미술을 하기는 어려우니 숙제는 당분간 다 못 해갈 수도 있다고 했다. 엄마는 내 상황을 받아들였고, 수학학원 선생님께 한 달 동안만 시간을 달라고 양해를 구했다.

그리고 한 달, 태어나서 그렇게 열심히 산 적이 없었다. 나는 미친 듯이 선을 긋고, 그림을 그렸다. 먹고 자는 시간까지 아껴 가며 오직 그림에 매달렸다. 한 달 안에 내가 재능을 보여 주기만 하면 수학이란 족쇄에서 벗어날 수 있다는 희망이 나를 엄청난 에너지로 그림에 몰입하게 했다.

"가혜한테는 재능이 있어요. 한 달밖에 안 됐는데 일 년 넘은 애들보다 나아요. 무엇보다 노력하는 자세가 그 누구보다 좋아요."

미술학원 선생님은 입에 침이 마르도록 나를 칭찬했다. 엄마는 학원 선생이란 늘 듣기 좋은 말만 한다면서 한 달을 더 두고 보자고 했다. 당연히 나는 나머지 한 달도 미친 듯이 노력했다. 하다 보니 즐거웠고, 스스로도 꽤 재능이 있다는 판단이 들었다. 미술 선생님은 한 달 뒤에도 좋은 말을 해 주었고, 내가 직접 그린 그림을 다른 애들 그림과 견주면서 아주 자세히 칭찬을 해 주었다. 그게 통했다. 엄마는 내 그림을 다른 애들과 견줘 보더니 내 재주를 인정했다.

"미술… 해도 되겠네."

그러면 되었다. 엄마가 그렇게 말하면 다툴 여지가 없었다. 드디어 수학 해방이라는 광명이 내 삶에 찾아든 것이다. 처음에 엄마는 중학교 다닐 때까지는 수학학원을 다니는 게 좋겠다고 했지만, 이것저것 따져 보더니 이왕 하려면 미술에 에너지를 집중하는 게 낫겠다고 결론을 내렸다. 내가 말하지 않았는데도 수학학원을 끊어 주었다.

엄마가 수학학원을 다니지 말라고 한 날이 바로 8월 14일이다. 우리나라가 일본제국주의 지배에서 벗어난 8월 15일 하루 전 날, 나는 수학에서 벗어났다.

1945년 8월 15일, 우리 선조들은 대학독립만세를 외치셨다.

중학교 1학년 8월 14일, 김가혜는 수학해방만세를 외쳤다.

8월 14일이 때마침 일요일이었기에 나는 그날 남몰래 '수학해방일'을 기리는 의식을 치렀다. 내 삶을 지옥으로 만든 수학과 완전히 결별한 8월 14일을 기념하고 싶었다. 기념을 어떻게 할지 고민하다 수학 문제집 장례식을 치르기로 했다.

나는 책장에 꽂힌 수학 문제집을 모조리 꺼냈다. 제법 두툼했다. 물론 내가 그 동안 수학 문제집으로 인해 받은 고통은 그 두께에 견줄 바가 아니었다. 까만 포장지로 수학 문제집을 싼 뒤에 투명 비닐로 한 겹을 더 쌌다. 그리고는 까만 끈으로 단단히 묶었다.

까만 색종이에 하얀색 글씨도 썼다.

'수학이여 영원히 잠드소서!'

수학 문제집을 가방에 넣은 뒤 모종삽과 함께 초코파이도 챙겼다. 초코파이를 챙긴 데는 나름 이유가 있다.

나는 어릴 때 유난히 초코파이를 좋아했다. 유치원 때 처음 초코파이를 먹고 그 맛에 반해 툭하면 초코파이를 사달라고 졸랐다. 내가 초코파이를 좋아하니 동생도 덩달아 초코파이를 좋아했다. 그때부터 우리 집 부엌에는 늘 초코파이가 있었다. 그러다 수학에서 파이(π)를 만나고 초코파이도 싫어졌다. 파이(π)가 싫으니 초코π도 싫어진 것이다. 물론 π 값인 3.14도 싫었다. 수학 장례식에 초코π를 묻기로 한 까닭은 초코π를 초코파이로 되돌리고 싶어서였다. 초코π를 수학 문제집과 함께 땅에 묻고, 내가 좋아하던 초코파이를 되살리고 싶었다.

수학 문제집이 든 가방을 짊어지고 아파트 단지 뒤편에 있는 야산으로 갔다. 사람들이 다니지 않는 잡목 숲을 골라 모종삽으로 땅을 팠다. 수학 문제집이 통째로 들어갈 만큼 깊이 판 뒤에 비닐로 감싼 수학 문제집을 구덩이에 집어넣었다.

"앞으로 다시는 내게 오지 마세요."

수학 문제집을 세 번 토닥거린 뒤 '수학이여 영원히 잠드소서'라고 쓰인 종이를 그 위에 올려놓았다.

"영원히 이곳에서 편히 주무시길."

경건한 마음으로 절을 두 번 했다.

절을 한 뒤에 초코π를 꺼냈다. 비닐봉지를 벗긴 초코π를 종이 위에 올려놓았다.

"π를 맛있게 드시고, 다시는 제게 돌아오지 마세요."

다시 절을 두 번 하고, 흙을 정성스럽게 덮었다. 봉분을 만들고 싶었지만 혹시라도 지나가는 사람들이 이상하게 여기고 들여다볼지도 모르기에 봉분을 만들지는 않았다.

누가 보면 미쳤다고 할 만한 짓이었지만, 나는 아주 경건하게 의식을 치렀다.

'만세! 만세! 만만세!'

큰 소리로 외치고 싶었지만 남들이 들으면 이상하게 여길까 봐 손만 힘차게 위로 뻗고, 소리는 조용히 내질렀다. 마음 같아서는 산이 무너질 만큼 큰 소리를 내고 싶었지만 꾹 참았다. 소리를 지르지 않아도 기뻤다. 꿀단지에서 꿀이 흘러내리듯 기쁨이 줄줄 흘렀다.

의식을 치르고 내려오는데 껍질을 벗은 나비처럼 몸이 가벼웠다. 더럽고 무거운 껍질을 뒤집어쓰며 꿈틀거리며 기어 다니던 번데기에서 벗어나, 가벼운 날개를 휘저으며 바람을 타고 하늘을 나는 나비가 된 기분이었다. 저절로 노래가 나왔고 몸은 덩실덩실 춤을 추었다.

노래하며 춤추는

나는 아름다운 나비 ♪~

날개를 활짝 펴고

세상을 자유롭게 날 거야 🎵~

노래하며 춤추는

나는 아름다운 나비 ♩~

― 윤도현 '나는 나비'

　빵집에 들러서 조각 케이크를 샀다. 달콤한 초콜릿 케이크였다. 초콜릿 케이크 한 귀퉁이를 스푼으로 살포시 떠서 한 입 넣었다. 시간을 보니 우연히도 14시 14분이었다. 14일, 14시, 14분! 14가 세 번이나 겹쳤다. 14와 3, 끔찍하던 숫자가 갑자기 축복으로 되살아났다. 그때부터 14는 내게 행운을 안겨 주는 숫자가 되었다.

　문제를 풀어도 14번은 틀린 적이 없고, 14일에 내가 좋아하는 아이돌이 새 앨범을 냈으며, 2학년 때는 3반 14번이었고, 3학년이 돼서는 3월 14일에 어떤 남자애를 처음으로 좋아하게 됐고, 전세를 살던 우리 가족이 옆 아파트 단지 14층으로 집을 사서 이사를 갔다. 이처럼 14와 더불어 내 삶에도 봄날이 찾아왔다. 행운이 늘 함께 했다.

　수학에서 벗어나고 2년, 내 인생에는 봄바람만 불었다. 수학이 사라지니 나쁜 일은 단 한 번도 벌어지지 않았다. 2년 동안 '수학학원 갈 시간 이야'란 말도, '수학 숙제 다 했니'란 말도 내 인생에서 깨끗하게 자취를 감추었다. 물론 중학생이기에 어쩔 수 없이 조금은 수학 공부를 해야 하지만, 학교 수업 시간에만 충실하면 그만이었다. 엄마도 더 이상 수학 성적으로 나를 괴롭히지 않았다.

미술학원 선생님 말씀처럼 내게는 미술 쪽에 재능이 꽤 있었다. 미술학원에 가는 시간은 즐겁고 행복했다. 엄마가 다그치지 않아도 미술학원 갈 시간이 되면 알아서 갔고, 미술학원 숙제 때문에 엄마에게 잔소리 들을 일은 아예 없었다. 행복한 삶이었다.

'행복한 삶이었다?'

맞다. '이었다'는 과거형이다. 지금은 그렇지 않다는 말이다.

물론 나는 여전히 미술학원에 다니고, 디자이너를 꿈꾼다. 다시 수학학원에 다닐 일도 없다. 작은 실수가 없었거나, 우리 집에 작은 악당이 없었다면 수학이 괴물로 되살아날 일은 없었다. 악당은 다름 아닌 두 살 아래 동생 나혜였고, 작은 실수는 나비 날갯짓을 닮은 작은 몸짓이었다. 나혜가 벌인 엉뚱한 짓과 나비 날갯짓이 재수없게 겹치면서 수학은 괴물이 되어 다시 내 삶에 나타났다.

02

포물선 꼭짓점에서 추락하다

나혜가 벌인 엉뚱한 짓과 나비 날갯짓 가운데 먼저 일어난 사건은 나비 날갯짓이었다. 나비 날갯짓을 이야기하려면 현준이 이야기를 먼저 해야 한다.

현준이와는 3학년이 되면서 처음 같은 반이 되었다. 같은 반이었기에 서로 인사를 했고, 3월 14일이 되자 현준이가 내게 사탕을 주었다. 다들 사탕을 주고받는 날이었기에 사탕을 주는 현준이도, 사탕을 받는 나도 별 느낌이 없었다. 현준이가 사탕을 건넸을 때 사탕을 받으려고 오른손을 뻗었다. 현준이 손끝이 내 손바닥을 스쳤다. 손끝에서 오는 감촉이 묘했다. 봄바람이 고양이 목덜미를 쓰다듬으며 짓는 웃음이 그 럴까? 아니면 꽃향기를 맡은 나비 날갯짓이 그러할까? 짜릿하진 않았 지만 그 부드러움은 이루 말할 수 없었다. 가슴이 뛰지는 않았지만 잊히지 않았다. 그 뒤로 부드러운 감촉이 살결에 닿을 때마다 현준이가 떠올랐고, 현준이가 내 마음에서 차지하는 영토도 점점 넓어졌다. 물론 마음에만 담아 두고 표현하지는 않았다.

그러다 6월에 과학 수행평가를 같이 하면서 급격히 가까워졌다. 수행평가로 UCC를 만들었는데 둘이 죽이 잘 맞았다. 한 번 죽이 잘 맞으니 계속 같이 어울리게 됐고, 서로 스스럼없이 장난도 쳤다. 문자도 많이 주고받았는데 가끔 오글거리는 문자도 오고갔다. 나는 그동안 꽁꽁 쌓아두었던 촉촉한 감정을 조금씩 내비쳤고, 현준이도 내 감정을 슬며시 받아 주었다. 둘이 함께 하니 시험공부마저 전혀 힘들지 않았다.

'가혜 수학해방일' 2주년을 20일 앞둔 날이었다. 방학식이 다음 날이었기에 발걸음도 가벼웠다. 그날 아침에는 마치 드라마에 나올 법한 일이 일어났다. 어떤 남자애와 부딪쳐서 넘어질 뻔했는데, 때 마침 옆에 있던 현준이가 나를 잽싸게 안아서 구해 주었다. 그 바람에 서로가 내뱉는 숨결이 닿을 만큼 얼굴과 얼굴 사이가 가까워졌다. 까만 눈동자 속에 내 얼굴이 보일 정도였다. 눈동자 속으로 퐁당 빠져 들고 싶은 충동을 겨우 눌렀다. 찰나였지만 영원 같았다. 가슴이 한동안 진정되지 않았다. 나는 초콜릿을 많이 먹으면 조금 들뜨는데, 그날은 하루 내내 초콜릿 케이크를 입에 달고 사는 듯했다. 학교가 끝난 뒤 현준이와 문자를 수없이 주고받았다. 문자와 문자 사이에는 달콤한 꿀이 흘렀다.

저녁은 미술학원에서 보냈는데 미술학원은 여전히 즐거웠다. 내 솜

씨는 2년 전과는 견줄 수 없을 만큼 늘었다. 대회에 나가 상도 몇 번 받았고, 미술학원이 내거는 현수막에는 내 이름이 단골로 걸렸다. 그날은 진로 때문에 선생님들과 진지한 이야기를 나눴는데, 선생님들이 그리는 내 미래는 내가 어림하는 모습보다 훨씬 거창했다. 나는 상상도 해 본 적 없는 모습이었다. 선생님들은 자신 없어 하는 나를 설득하며 더 큰 꿈을 꾸라고 격려했다. 해 왔던 대로만 꾸준히 노력한다면 아주 본새 나는 성공을 거둘 거라고 했다. 선생님들 말을 들을 때는 긴가민가했는데 집으로 돌아오면서 가만히 곱씹어 보니 괜히 자신감이 생겼다.

다음 날이면 방학이고, 좋아하던 남자애와 가까워지고, 내 미래가 찬란하다는 기대를 한 몸에 받은 날, 참 행복했던 그날, 아주 작은 사건이 벌어졌다. 그 사건은 처음에는 나쁘지 않았다. 어떤 면에서는 꽤나 좋은 일이었다. 낡은 과거와 결별하고 새로운 미래와 만나는 기분 좋은 기회였다. 그렇지만 사건은 엉뚱하게 흐르고 말았다.

미술학원을 다녀와서 현준이와 문자를 계속 주고받다가 화장실에 들어갔다. 평소에 나는 화장실에 스마트폰을 들고 들어가지 않았다. 화장실에 들어가면 빨리 볼 일만 보고 나오는 편이기도 하지만, 우리 집 화장실에서는 와이파이가 잘 안 잡히기 때문이다. 쓸 수 있는 모바일 데이터가 얼마 안 되기에 나는 웬만하면 와이파이가 되는 곳에서만 스마트폰을 쓴다. 오래되고 낡은 내 스마트폰은 화장실에 들어가면 아예 와이파이를 잡아내지 못한다. 그렇기에 스마트폰을 들고 화장실에 들어가지 않았다.

그날도 그냥 스마트폰을 밖에 두고 화장실에 들어갔다면 괜찮았을 텐데 현준이와 주고받는 문자를 멈출 수가 없었다. 현준이와 주고받는 문자에 푹 빠진 나는 모바일데이터를 켜고 화장실에 들어갔다. 화장실에서도 끊임없이 문자를 주고받았다.

세면대 앞에서 손을 씻으려 할 때였다. 어쩔 수 없이 스마트폰을 손에서 떼어 놓아야 했다. 받침대가 있는 곳에 두려다가 시간을 아끼려고 스마트폰을 왼쪽 겨드랑이에 꼈다. 스마트폰을 왼쪽 겨드랑이에 낀 채 손을 씻었다. 손을 씻고 수건을 오른손으로 집었다. 손을 다 닦은 뒤 화장실 문고리를 잡으려고 오른손을 뻗었다. 그때 수건은 왼손에 있었다. 오른손을 뻗는 동시에 수건을 벽걸이에 걸려고 왼손을 뻗었다. 뭔가 툭 떨어졌다.

뭐지?

아차!

떨어지는 스마트폰을 잡으려고 손을 급하게 파닥거렸다. 문고리를 잡고 있던 오른손도 파닥거렸다. 왼손과 오른손이 함께 파닥거렸다. 마치 나비 날갯짓처럼……. 바삐 날갯짓을 했지만 떨어지는 스마트폰을 구하기에는 뒤늦은 날갯짓이었다. 스마트폰은 이미 변기 물에서 익사당할 위기였다.

변기 물에 손을 넣을 수는 없었다. 스마트폰을 꺼낼 도구를 찾았다. 집게는 없었다. 아무거나 손에 잡히는 대로 쥐고 변기 물에서 스마트폰을 구해 냈다. 휴지로 닦고 물기를 말렸다. 심폐소생술을 하는 마음

28

으로 보살폈지만 스마트폰은 다시 되살아나지 않았다. 내 늙은 스마트폰은 그날 저 세상으로 떠나고 말았다.

내 스마트폰은 언제 망가져도 이상하지 않을 만큼 낡았기에 그리 큰 충격은 아니었다. 다만 현준이와 연락을 못하는 게 걱정이었다. 계속 문자를 주고받다 갑자기 툭 끊어졌으니 현준이가 이상하게 생각할 수도 있었다. 늦은 밤이라 현준이에게 전화를 할 수도 없었다. 재빨리 나와서 엄마 몰래 컴퓨터를 켠 뒤에 스마트폰이 고장 났다고 메시지를 보냈다. 저녁 9시 이후에는 컴퓨터 사용이 금지된 터라 오래 컴퓨터를 잡고 있을 수는 없었다. 메시지를 더는 주고받지 못하는 상황을 안타까워했더니 현준이가 나를 위로했다.

💬 잘 됐네. ^.^;
💬 안 그래도 오래 됐잖아?
💬 이 기회에 새 스마트폰 사 달라고 해!

곰곰이 따져 보니 현준이 말이 맞았다. 내가 스마트폰이 낡았다고 투덜거리면 엄마는 고장 나면 바꿔 준다고 여러 차례 말했다. 엄마 말대로 고장이 났으니 스마트폰을 안 사줄 이유는 사라졌다. 속상한 마음은 곧바로 새 스마트폰에 대한 기대감으로 바뀌었다. 나는 곧바로 엄마에게 스마트폰이 고장 났다고 알렸다. 엄마는 조금도 망설이지 않고 내 기대를 채워 주었다.

"나혜만 새 거여서 안 그래도 바꿔 주려고 했어. 내일 사러 가자!"

엄마는 군말 없이 내 뜻을 받아 주었다. 또다시 기쁨이 더해졌다. 내일이면 최신형 스마트폰까지 생긴다. 처음부터 끝까지, 조금도 빈틈없이 행복한, 그야말로 완벽한 날이었다.

모든 게 완벽했던 날이 지나고 '가혜 수학해방일' 2주년을 19일 앞둔 날이 되었다. 그날 갑작스럽게 내 삶에 소낙비가 쏟아졌다. 앞서도 말했지만 그건 다 내 동생 나혜 때문이다.

학교에서 현준이를 만나며 스마트폰을 새로 산다는 말을 즐겁게 나눌 때까지만 해도 좋았다. 새 스마트폰이 생긴다며 친구들에게 자랑할 때도 참 좋았다. 방학식을 하는데 교장 선생님 말씀이 길지 않아서 정말 좋았다. 방학식을 마치고 현준이와 몰래 손을 꼭 붙잡을 때는 심장이 터질 듯이 좋았다. 친구들이 방학 수학 특강을 입에 올리며 투덜거릴 때는 비실비실 새어 나오는 웃음을 참느라 혼났다. '나는 해방되었지롱~' 하면서 놀리고 싶었지만 그러면 모조리 친구 관계가 끊어질지도 모르기에 꾹 참았다.

집에서 점심을 먹으며 엄마 스마트폰으로 최신형 스마트폰 기기들을 살필 때는 기분이 최고조에 달했다. 점심을 먹고 스마트폰을 사러 가기 전에 볼 일이 있어서 미술학원에 잠깐 들른 뒤 다시 집으로 돌아와 현관문 앞에 설 때까지만 해도 내 삶에 걸림돌이라곤 없었다. 현관문을 열고 들어가서 엄마와 함께 스마트폰을 사러 나가면 된다. 그러면 기쁨은 더욱 커지겠지……가 되어야 하는데,…… 아니었다.

현관문을 여는데 집안 분위기가 조금 전과는 완전히 달랐다. 거실 바닥에는 나혜 수학 문제집들이 어지럽게 널려 있었다. 엄마는 식탁 옆 의자에 앉아 머리를 감싸 쥔 채 거듭 인상을 찌푸리고, 나혜는 거실 소파에 뻬딱하게 앉아 팔짱을 낀 채 유리창 쪽만 노려보았다. 뭐라고 말도 꺼내기 어려운 기운이 부엌과 거실을 냉랭하게 짓눌렀다. 조금 뒤 나혜는 거실 바닥에 널린 수학 문제집을 아무렇지 않게 발로 밟으며 자기 방으로 들어가 버렸다.

나는 '스마트폰 사러 가자'는 말을 언제 꺼낼지 망설이며 엄마 눈치를 살폈다. 그 순간 내가 아주 좋은 상태가 아니었다면 어쩌면 엄마 기분이 나아질 때까지 기다렸을지도 모른다. 안타깝게도 그 순간 나는 들떠 있었고, 행복한 일들이 겹치면서 앞으로도 좋은 일만 일어날 거라는 기대가 넘쳐났다. 엄마와 나혜 사이에 뭔가 안 좋은 일이 일어났지만 그것이 나와는 별 상관이 없을 거라고 막연히 판단했다. 엄마는 내가 미술학원에 다녀오면 함께 최신형 스마트폰을 사러 가기로 약속했고, 나는 엄마가 그 약속을 지키리라 믿었다.

잠깐 눈치를 살피다 엄마에게 말을 꺼냈다.

"엄마, 스마트폰 사러 가야지?"

"몰라! 됐어!"

엄마는 식탁을 세게 내리치더니 벌떡 일어나 안방으로 가려고 했다. 그쯤에서 멈춰야 했다. 엄마 기분이 극도로 안 좋을 때는 엄마를 건드리지 말아야 했다. 어쩌면 그다음 말만 안 했어도 내게 날벼락이 떨어지는 일은 없었을지도 모른다.

"사러 가기로 약속했잖아?"

방문 손잡이를 잡고 막 안방으로 들어가려던 엄마는 내 말을 듣자마자 나를 째려보았다.

"다 너 때문이야! 네가 수학을 포기하니 나혜까지 그러잖아."

엄마 말을 듣자마자 내가 미술학원에 잠깐 다녀온 사이에 무슨 일이 벌어졌는지 어림할 수 있었다.

"나혜가 수학을 포기하는 게 왜 나 때문이야?"

나혜가 또 나를 끌어들인 게 분명했다. 나혜는 자기 욕심을 채우려고 할 때면 늘 나를 끌어들인다. 뭘 하고 싶을 때는 '언니도 하는데', '언니는 있는데', '언니는 주면서'와 같은 구절을 앞에 붙이고, 뭘 하기 싫을 때는 '언니는 안 시키면서', '언니한테는 아무 소리 안 하면서', '언니만 봐주고'와 같은 구절을 앞에 붙인다. 좋은 건 늘 나와 자신을 견주면서 똑같이 대접받으려 한다. 그러면서 조금이라도 귀찮은 일을 시키면 '나는 동생이잖아!', '나는 아직 어려'처럼 어린 나이를 활용해서 빠져 나간다. 그래서 내가 나혜에게 붙인 별명이 '기름 두른 미꾸라지'다.

"나혜도 너처럼 수학 안 하고 미술을 하겠다잖아."

나혜가 미술을 하겠다니, 헛웃음이 나왔다. 나혜는 그림에는 아무런 소질이 없다. 사람을 그리라고 하면 졸라맨도 겨우 그리는 수준이다.

32

"졸라맨도 제대로 못 그리는 애가 무슨 미술을 해?"

"몰라! 아무튼 나혜가 수학을 포기하지 못하게 해."

말도 안 되는 요구였다. 수학이라면 자다가도 벌떡 일어나 경기를 일으키는 나에게…….

"그게 말이 돼?"

"나혜 마음을 바꿔 놔. 안 그러면 스마트폰도 없어."

엄마는 막무가내였다.

"내 스마트폰 망가졌단 말이야. 지금 나보고 스마트폰 없이 살란 말이야?

"스마트폰 갖고 싶으면 나혜를 어떻게든 해."

문이 닫히는 소리와 함께 엄마 모습이 안방으로 사라져 버렸다. 엄마가 저렇게 나오면 어찌해 볼 도리가 없다. 말로 설득할 수 있는 엄마가 아니다. 엄마 고집은 무쇠보다 단단하다.

수학을 포기한 내가, 아니 수학에서 해방된 내가, 수학을 포기하면 안 된다고 동생을 설득해야 하다니……. 불가능한 일이다. 그렇다고 손 놓고 있을 수는 없었다. 엄마 고집을 꺾을 수 없다면 동생 마음을 돌려 놓아야 한다. 거실 바닥에 흐트러져 있는 수학 문제집을 한데 모았다. 수학 문제집 한 권을 잡을 때마다 징그러운 괴물을 만지는 듯했다. 징글징글했지만 꾹 참고 수학 문제집을 끌어안은 채 심호흡을 했다.

나혜는 나와 다르다. 나는 어릴 때부터 엄마 말이라면 무조건 따랐다. 나는 엄마에게 착한 딸이었다. 그 반면에 나혜는 달랐다. 나혜는 제멋대로 굴었다. 기분 좋을 때는 내가 부러워할 만큼 엄마와 죽이 잘 맞았지만, 조금만 제 마음에 안 들면 엄마에게도 제멋대로 굴었다.

무쇠 고집인 엄마도 나혜가 고집을 부리면 어쩌지 못한다. 나혜가 막무가내로 투정을 부리면 엄마는 한숨을 쉬며 이렇게 투덜거린다.

"어휴, 누굴 닮아서……."

누구긴 누구겠는가? 나혜는 딱 엄마다. 할머니는 나혜가 엄마 어릴 때와 똑같다는 말씀을 여러 번 하셨다. 생김새뿐 아니라 됨됨이도 닮았고, 심지어 성깔 부릴 때 한쪽 눈을 치켜뜨는 버릇까지 똑같다고 했다. 나혜가 고집을 부리면 엄마도 쩔쩔매는데 그럴 때마다 나는 속으로 고소해 한다. 나는 엄마와 겨룰 엄두도 낸 적이 없다. 나는 다툼이 싫고, 말싸움도 잘 못한다. 그러다 보니 엄마한테 밀리고, 동생한테 당하기 일쑤다. 늘 엄마와 동생 사이에서 샌드위치처럼 당했다.

그러다 성질이 똑같은 두 사람이 고집스럽게 맞부딪치는 일이 벌어지면 통쾌했다. 서로 조금도 양보하지 않고 맞부딪치면서 둘 다 쩔쩔맬 때면 마치 시트콤 속 한 장면을 구경하는 듯 즐거웠다.

여느 때 같으면 두 고집이 부딪치는 사태를 지켜보며 속으로 즐겼을 텐데, 이번에는 내가 그 불길을 잡아야 하니 곤혹스럽기 그지없었다. 두 사람 사이에서 불이 번지든 폭탄이 터지든 아무 상관없이 지내고 싶지만, 나한테는 스마트폰이 절실하고 스마트폰을 사 줄 사람은 엄마밖에 없다. 아빠라도 있으면 어떻게 해 보겠는데 아빠는 해외출장 중이었기에 아빠에게 도움을 받을 수도 없었다.

떡볶이를 두고, 방정식을 먹다

거실에서 나혜 방까지 몇 걸음 되지도 않는데 한 걸음 한 걸음이 천리 길 같았다. 깊이 숨을 들이마시고 방문을 두드렸다.

똑똑.

되도록 부드럽게~.

대꾸가 없다.

똑~ 똑~.

그래도 대꾸가 없다.

손잡이를 돌렸다. 잠겼을 줄 알았는데 문이 열렸다. 정리가 제대로 안 된 방에서 나혜는 책상에 앉아 뭔가를 끄적거리고 있었다. 나혜는 나를 거들떠보지도 않았다. 나는 품에 안은 수학 문제집을 텅 빈 책장 한 칸에 집어넣었다. 나혜 뒤로 다가갔는데, 동생은 내가 다가가든 말든 아랑곳 않고 자기가 하는 짓에 열중했다. 나혜 등 뒤에서 나혜가 뭘 하는지 보고는 나도 모르게 웃음이 터져 나오려고 해서 재빨리 입을 틀어막았다. 나혜는 오랫동안 거들떠보지도 않던 스케치북을 꺼내 자기 나름 정성을 다해서 그림을 그리고 있었다. 그런데 그 그림 수준이 유치원생보다 못했다. 연필이 움직일 때마다 그림은 더욱 유치해졌고 정체모를 괴물들이 쓰레기더미 위에서 날뛰었다.

한참 쓰레기보다 못한 그림을 그리던 나혜는 연필을 놓더니 스케치북을 집어 들었다.

"이 정도면 괜찮지 않아?"

"지금 나한테 그 말에 동의하라는 거니?"

"여기 너 말고 누가 있어?"

"두 살짜리 꼬맹이가 그렸다고 하면 칭찬해 줄 만해."

"고마워. 칭찬으로 들을 게."

나혜는 스케치북을 책상에 내려놓더니 다시 그림을 그렸다. 엉터리 그림을 계속 지켜보고 있을 수는 없었다.

"진짜로 그만둘 거야?"

"응."

"왜?"

"잘 알면서 왜 그래?"

물론 나도 잘 안다. 그렇다고 동생 의견에 맞장구를 쳐줄 수는 없었다.

"대학 안 갈 거야?"

"미술로 갈 거야."

"미술은 아무나 하니?"

"수학보다는 나아."

"너한테는 수학보다 미술이 더 어려워."

"연습하면 돼."

"미술은 재능이 필요해."

"연습하면 된다고 했잖아. 하면 된다는 말 몰라?"

대화가 숨 쉴 틈도 없이 빠르게 이어졌다.

"네 손끝에서 나오는 그림을 보고도 그런 말이 나오니?"

"처음이라 그래."

"노력도 재능이 없으면 안 돼."

"어차피 수학 쪽으로도 재능이 없어."

그건 맞는 말이었다. 나혜는 나보다 수학을 더 못한다. 나는 엄마가 시키는 대로 미친 듯이 수학을 붙잡았기에 최상위는 아니어도 나름 괜찮게 했다. 그 반면에 나혜는 나만큼 해 본 적이 없다. 시키는 대로 안 하고 요령을 잘 피운다. 나는 수학학원 다닐 때 승강기에 갇힌 날만 딱 한 번 빠졌는데, 나혜는 이런저런 핑계를 대며 숱하게 빠졌다. 수학학원을 빼먹는 나혜가 몹시 부러워서 나혜와 엇비슷한 방법을 써 보려고 했지만 나는 번번이 실패했다. 수학과 관련해서 나혜는 학원을 빼먹는 재주밖에 없다. 재주도 없는데 요령만 피우니 수학 점수가 제대로 나올 리 없다.

아무리 머리를 굴려도 나혜 마음을 바꿀 길이 떠오르지 않았다. 내가 수학을 포기했기에 나혜에게 수학을 계속하라고 설득할 명분도 약했다.

"그만두더라도 지금은 안 돼."

이게 내 솔직한 심정이었다.

"지금은 안 돼? 그게 무슨 말이야?"

나혜가 연필을 놓더니 팔짱을 꼈다. 오른쪽 눈썹만 위로 치솟았다. 어쩌면 저렇게 엄마와 똑같을까?

"내 고물 스마트폰이 망가져서 오늘 엄마와 스마트폰 사러 가기로 했어."

내 말을 듣는 나혜 눈이 반짝반짝 빛났다. 불길한 징조였다.

"네가 수학을 포기하고 미술을 하겠다고 하는 바람에 불똥이 나한테 튀었어."

"엄마가 뭐라고 했는데?"

"네 마음을 돌려놓지 않으면 스마트폰을 안 사 주겠대."

"지금 그 말은, 나보고 언니 스마트폰 생길 때까지는 수학학원을 다니라는 말이야?"

"오늘 하루만 참으면 되잖아. 오늘만 가! 엄마가 스마트폰 사준 뒤에 네가 수학을 하든 말든 나는 상관하지 않을 테니……."

나혜는 팔짱을 풀고 연필을 쥐더니 다시 그림을 그렸다.

"오늘 하루만 어떻게 안 되겠니?"

"싫어."

"오늘만 참아 주면 내가 미술을 잘하도록 도와줄게."

이런 조건을 걸고 싶지 않았지만 그만큼 나는 다급했다.

"하루가 아니라 단 1분도 수학을 하고 싶지 않아."

"내가 스마트폰도 없이 살아야 하겠니?"

"그건 네 사정이고."

나혜는 차갑게 내뱉고 손을 더 빨리 놀렸다.

뒤통수를 한 대 후려치고 싶은 충동을 겨우 눌렀다.

"언니를 위해서 하루도 안 되겠니?"

"안 돼!"

떡볶이를 두고, 박정식을 먹다

"……!"

"나 그림 그려야 하니까 나가 줘."

내 앞에는 철저한 이기주의자가 앉아 있었다.

"하루도 아니야. 그냥 지금 엄마한테 가서 수학 하겠다고만 말해 줘. 그냥 그 말 한마디만 하면 되잖아. 내가 엄마랑 스마트폰 사러 나가면 그때 다시 그만둔다고 하면 되잖아. 나혜야, 부탁해."

간절하게, 아니 처절하게 부탁했지만, 돌아온 반응은 여전히 차가 웠다.

"나는 그런 꼼수 쓰기 싫어."

평소에 숱하게 꼼수를 부리더니 이럴 때는 정직한 척하는 나혜가 얄 미웠다.

"내 용돈 한 달 치 넘겨줄게."

"필요 없어."

"두 달 치는 어때?"

"됐어."

나혜 마음을 돌려놓을 당근이 필요했다. 고심 끝에 나는 절대 양보 하고 싶지 않은 선물을 내걸었다.

"앞으로는 내 방에 마음대로 들어오게 하고, 옷도 마음대로 입게 해 줄게."

나로서는 엄청난 제안이었는데, 그것은 나름 사연이 있다.

나혜와 나는 됨됨이가 크게 달랐지만 나혜가 6학년이 되기 전까지만 해도 그리 큰 갈등 없이 잘 지냈다. 워낙 취향이 달랐기에 잘 부딪치지 않았고, 설혹 부딪칠 일이 생겨도 내가 뒤로 물러섰기 때문이다. 그러다 나혜가 6학년이 되면서 점점 갈등이 쌓였다.

6학년이 되자 나혜는 내 방에 몰래 들어와 내 물건들을 건드렸다. 처음에는 눈치를 못 채다가 내가 아끼는 볼펜이 사라지고 나서야 나혜가 내 방에 들락거리는 걸 알아차렸다. 건드리지 말라고 부탁을 했다. 물론 내 말을 들을 나혜가 아니었다. 화장품이 사라지기도 하고, 필통이 없어졌다가 돌아오기도 했다. 속이 상했지만 다투기 싫어서 가만히 두었는데, 도저히 참을 수 없는 일이 벌어지고 말았다.

오래 전부터 탐내던 옷이 있었는데 아무리 졸라도 엄마는 사 주지 않았다. 중학생에게는 어울리지 않는다면서 정 사려면 돈을 모아서 직접 사라고 했다. 그때부터 먹고 싶은 거 꾹 참고, 좋아하는 아이돌 앨범도 안 사고 돈을 모았다. 고생 끝에 옷을 살 수 있는 돈을 마련했고, 나는 곧바로 가게에 가서 옷을 샀다. 옷을 산 날이 금요일이었고, 나는 일요일에 친구들과 같이 놀 때 그 옷을 입을 계획이었다.

토요일, 아침부터 미술학원에 가서 하루 종일 그림을 그리고 저녁에 돌아왔다. 집에 오자마자 옷장을 열었다. 그런데 내 옷이 없었다. 내 소중한 옷이 사라지고 없었다. 화들짝 놀란 나는 소리를 지르며 뛰어나갔다.

"엄마! 내 옷 어딨어?"

거실에서 아빠와 함께 TV를 보던 엄마는 내가 내지른 소리에 놀라 쥐고 있던 리모컨을 떨어뜨렸다.

"무슨 옷?"

"내 옷 말이야. 내가 어제 산⋯⋯?"

그때 살짝 열린 동생 방문 사이로 뭔가 보였다. 나는 '설마' 하며 동생 방문을 확 열어젖혔다. 동생 방에 내 옷이 있었다. 그것도 잔뜩 구겨진 채, 바닥에 아무렇게나 팽개쳐져 있었다. 내 소중한 옷을 나 몰래 입고 간 것도 모자라, 저렇게 함부로 다루다니⋯⋯, 참을 수가 없었다.

"야~! 너, 이 씨~~~."

그 순간, 나는 내가 아는 모든 욕을 동생에게 퍼부었다. 속이 상해서 눈물이 나고 울음도 터졌다. 울음과 눈물과 욕설이 뒤엉켜서 쏟아져 나왔다.

"너, 지금 뭐하는 짓이야?"

아빠였다.

"아무리 화가 나도, 동생한테 그런 욕을 하면 되겠어?"

아빠는 가족끼리 화목하게 지내는 걸 무척 중요하게 여긴다. 우리한테도 늘 화목하게 지내라고 강조했다. 부모님 말씀을 거절할 줄 몰랐던 나는 그때까지 단 한 번도 동생과 다투지 않고, 소리 한 번 지르지 않았다. 그러나 그 순간만큼은 참을 수 없었다. 동생이 벌인 짓은 아무리 바다처럼 넓은 마음씨를 지닌 언니라도 용서할 수 없는 수준이었다.

"아빠, 나 말리지 마! 엉엉! 나 정말 속상하고 짜증나, 엉엉엉!"

펑펑 울면서 나는 생전 처음으로 아빠에게 소리를 지르며 대들었다.

"엉엉엉. 그냥 분이 풀릴 때까지 내버려두면 안 돼? 엉엉엉. 이럴 때도 동생이니 그냥 좋은 말만 해야 하는 거야? 엉엉엉! 이럴 때는 야단 맞아야 하는 거 아냐? 이럴 때 내가 성질부리면 좀 안 돼? 왜 맨날 나만 참아야 하냐고? 내 옷을 저렇게 망가뜨렸는데, 내가 고생해서 돈을 모아 산 옷을 저렇게 엉망으로 만들어 버렸는데, 내 물건을 훔쳐간 도둑인데, 내가 그냥 참아야 해? 엉엉엉! 아빠, 정말 그래야 하는 거야? 그래야 하냐고?"

당황한 아빠는 아무 소리 못하고 물러갔다. 아빠 때문에 더 속상한 나는 한참 동안 동생에게 욕과 분노를 쏟아부었고, 난생 처음으로 동생은 나에게 사과를 했다. 물론 그렇다고 내 분이 다 풀리지는 않았다. 나는 그 옷을 바로 쓰레기통에 처박아 버렸다. 다음 날 아빠가 똑같은 옷을 사다 주었지만 거들떠보지도 않았다.

그 사건이 벌어진 뒤로 동생이 내 방에 얼씬도 못하게 했다. 아빠에게 요구해서 문고리도 열쇠가 있어야 여는 걸로 바뀌었다. 내 방 열쇠는 나만 가지려고 했지만 아빠가 혹시 모른다면서 열쇠 하나를 챙기려고 했다. 처음에는 아빠에게도 열쇠를 맡기지 않으려 했지만, 아빠가 응급용으로 꼭 있어야 한다고 해서 나혜에게 절대 넘어가지 않게 하겠다는 약속을 받고 열쇠를 아빠에게 주었다.

그 뒤로 나혜는 내 방문 앞에도 접근하지 못했고, 당연히 내 물건도 건드리지 못했다. 만만하게 보였던 언니지만 화가 나면 그 누구보다 무섭다는 사실을 깨달았는지 내 앞에서 조심하는 태도를 보이기도 했다.

이런 사연이 있기에 내 방에 자유롭게 들락거리게 허락하고, 내 옷도 마음대로 입게 해 주겠다는 거래 조건은 그야말로 파격이었다. 나로서는 최대한 양보한 셈이었다. 나혜도 그걸 알았다. 그래서 그런지 몰라도 내 거래 조건을 두고 잠깐 고민하는 듯했다. 나로서는 용납하기 힘든 조건이긴 했지만 스마트폰이 생긴다면 그 정도 희생은 감수할 용의가 있었다. 속으로는 며칠만 허락해 주고 이러저러한 핑계를 만들어 못 하게 하겠다는 속셈이었다.

내 속셈을 알아차린 걸까? 아니면 내가 제시한 당근보다 수학에서 놓여나는 자유가 더 컸던 걸까? 그것도 아니면 그냥 똥고집인 걸까?

"음~~~~! 싫어!"

"그냥 엄마한테 몇 마디 하는 게 그렇게 싫어?"

"아주, 끔찍하게 싫어! 정 스마트폰이 갖고 싶으면 날 설득하지 말고 엄마를 설득해."

"너 진짜……."

답답하고 화가 나서 말이 나오지 않았다.

"여기 내 방이거든? 빨리 나가 줘."

결국 나혜 방에서 쫓겨나고 말았다. 확실히 기름 두른 미꾸라지는 내가 감당할 만한 존재가 아니었다. 기름 두른 미꾸라지를 붙잡기에는 내 재주가 한참 모자랐다.

나혜를 설득하는 데 실패하고 다시 엄마에게 가서 사정을 말했지만 엄마는 쇠로 귀를 막은 채 들은 척도 안 했다. 다시 나혜에게 가 봤지만 이번에는 문도 열어 주지 않았다. 안방과 동생 방, 그 어디서도 내 말을 들어주지 않았다. 아빠가 그리웠다. 아빠라도 있다면 어떻게 해 볼 텐데…….

그날 저녁 엄마는 아주 냉정하게 선언했다.

"나혜를 설득해. 길은 그뿐이야!"

그날 나는 고집쟁이 엄마와 나혜 사이에 낀 샌드위치가 되고 말았다. 조금 전까지 포물선 꼭대기에서 마냥 행복하던 내 삶은 추락하는 포물선에 실려 나락으로 떨어졌다. 샌드위치가 되어, 포물선에 실려 내 삶은 천국에서 지옥으로 추락했다. 내 삶에서 수학은 죽어 사라진 존재였는데, 땅에 묻어 버린 시체였는데, 좀비처럼 수학이 되살아나고 말았다. 수학 좀비를 없앨 수 있을까? 내 생에서 원수 같은 수학을 제거하는 것은 불가능할까?

03

떡볶이를 두고, 방정식을 먹다

'가혜 수학해방일' 2주년을 18일 앞둔 날, 아침이 되었지만 눈을 뜨기 싫었다. 눈 뜨기 싫은 아침은 참 오랜만이었다. 한때는 아주 익숙한 삶이었지만, 수학해방일 뒤에는 맛보지 못한 낯선 경험이었다. 계속 지옥에서 보내는 것보다 천국에서 살다 지옥으로 떨어지는 것이 훨씬 더 끔찍함을 몸서리치게 확인했다.

아침에 또다시 나혜를 붙들고 설득을 해 봤지만 소용없었다. 엄마에게도 하소연을 늘어놓았지만 마찬가지였다. 어쨌든 나는 돌파구를 마련해야 했다. 엄마를 설득하든, 나혜 고집을 꺾든 둘 중 하나는 해야만 했다. 아무래도 엄마보다는 나혜가 가능성이 높아 보였다. 엄마는 한 번 고집을 부리면 그 문제가 풀리기 전까지 포기하지 않는다. 그 반면에 나혜는 고집을 부리다가도 갑자기 온순한 양처럼 변하기도 한다.

엄마보다 버티는 힘이 약해서일 수도 있고, 상황에 따라 기분이 심하게 오르락내리락 하는 됨됨이 때문일 수도 있다. 아무튼 여러모로 따져 보아도 엄마보다는 나혜 마음을 돌려세우는 쪽이 조금은 더 가능성이 많아 보였다.

나혜를 어떻게 설득할지 고민했지만 길은 보이지 않았다. 고민할 시간도 많지 않았다. 아침 일찍 미술학원에 가야 했기 때문이다. 미술학원에 가는 시간은 언제나 즐거웠는데 그날은 기분이 울적했다. 나는 미술학원 선생님들 조언을 받아들여 예술고등학교 진학을 목표로 잡았다. 예술고등학교에 가려면 그에 맞는 준비가 필요하다. 학교를 다닐 때는 시간이 많지 않으므로 방학 때 최대한 실력을 키워 놓아야 한다. 그래서 월요일부터 금요일까지 해가 떠 있는 동안에는 하루 내내 미술학원에서 지내기로 했다.

미술학원에 가자마자 친구 스마트폰을 빌려서 현준이에게 사정을 설명하는 문자를 보냈다. 친구 스마트폰이라 길게 문자를 주고받을 수는 없었다. 현준이는 안타까워하며 빨리 문제가 풀리면 좋겠다고 했다. 그 마음이 참 고마웠다. 스마트폰으로 현준이와 마음껏 연락을 주고받고 싶었다. 그러지 못하는 순간들이 미칠 듯이 답답했다.

시간이라도 많으면 어떻게든 해 보겠는데 미술학원이 끝나면 저녁에는 영어학원에서 가야 해서 여유 시간이 없었다. 평일에는 저녁마다 영어학원에서 특강을 듣는데, 끝나면 한밤중이다. 그러니 평일에는 나혜를 설득할 기회는 고사하고 얼굴 볼 시간을 내기도 어려운 상황이었다. 넘어야 할 벽은 높고, 여건은 어렵고, 내 역량은 모자랐다. 도대체 이 난관을 어떻게 뚫어야 할까?

머리가 복잡하고 가슴이 답답하니 그림도 잘 안 그려졌다. 오전 수업이 끝나고 점심은 간단히 도시락으로 해결했다. 밥 먹는 시간도 아껴서 조금이라도 더 연습하기 위해서였다. 도시락을 먹으면서 곰곰이 따져 봤다. 아무리 봐도 내가 나혜를 설득해서 수학을 다시 하게 만들 수는 없었다. 나혜는 나를 위해 잠깐 수학을 하는 척할 만한 됨됨이도 못된다. 그러면 방법은 하나다. 어차피 내 목적은 스마트폰이다. 엄마가 내게 스마트폰을 사 주게만 하면 목표 달성이다. 엄마 마음만 돌리면 된다. 어떻게 하면 엄마 마음을 돌릴 수 있을까? 가만히 따져 보니 엄마가 제시한 목적을 꼭 이룰 필요는 없을 듯했다. 내가 최대한 노력하는 모습을 보여 주면 엄마 마음이 누그러질지도 모른다.

고심 끝에 꼼수를 쓰기로 했다. 나혜와 수학을 같이 하는 모습을 연출해서 엄마가 기특하게 여기도록 만드는 것이다. 18일 뒤면 수학학원을 그만 둔 지 2년이다. 그 전까지만 해도 꽤나 열심히 수학 공부를 했기에 동생이 푸는 수학 정도는 어렵지 않으리라 믿었다.

계획이 뚜렷하게 서자 마음이 가벼워졌고, 손도 빨라졌다. 미술 선생님이 주신 과제가 꽤 어려웠지만 정해진 시간보다 30분 일찍 끝냈다. 선생님 입에서 가도 좋다는 말이 떨어지자마자 재빨리 집으로 뛰어왔다. 나혜는 여전히 방에 처박힌 채 나오지 않았고, 엄마는 부엌과 거실을 오가며 안절부절못했다. 긴장감은 시간이 갈수록 더 강해져 갔다.

나는 애써 침착한 얼굴빛을 지으며 엄마를 안심시켰다.

"내가 나혜랑 수학 문제를 같이 풀면서 어떻게든 해 볼게."

나는 스마트폰 따위는 아예 관심이 없는 척했다. 오직 동생이 수학을 대책 없이 포기하는 불상사를 막겠다는 사명감에 불타는 척했다. 동생을 사랑하는 언니처럼 보이도록 연기했다. 시간을 봤다. 저녁을 먹기까지 30분쯤 남았다. 저녁을 먹고 나면 나혜도 나와 같이 영어학원에 가야 한다. 엄마에게 잘 보일 기회는 이때뿐이었다.

"동생, 안녕!"

나는 아주 친근하게 다가갔다.

"뭐야? 왜 안 하던 짓을 해?"

나혜는 아주 쌀쌀 맞게 굴었다.

"히히, 우린 자매잖아."

그렇게 말하고는 내 입에서도 가시가 돋는 줄 알았다.

"내 참! 속 뻔히 보이거든."

나혜는 여전히 자기 책상에 앉아 그림 그리기에 열중했다. 책상과 바닥에 어지럽게 놓인 종이를 보니 하루 내내 그림만 그린 모양이었다. 물론 그림 수준은 엉망이었다. 아무리 재주가 없는 사람도 이틀 내내 그림만 그리면 조금은 나아질 기미가 보일 텐데, 나혜 그림에서는 그런 낌새조차 보이지 않았다.

"그림은 어때?"

나는 바닥에 떨어진 쓰레기 몇 장을 주워 들고는 꼼꼼하게 살피는

떡볶이를 두고, 밥정식을 먹다

척하며 물었다.

"재밌어."

나혜는 여전히 쌀쌀맞게 굴었다.

"재밌구나!"

이렇게 공감해 주고.

"그림은 잘 그려져?"

스스로 자기 솜씨를 알면 참 좋으련만.

"어때? 꽤 괜찮아졌지?"

그 순간 어떻게 답할지 망설였다.

좋다고 말하면 그림을 잘 그리게 된 줄 알고 더욱 매달릴 게 뻔하고, 솔직하게 엉망이라고 말하면 짜증을 내며 수학을 같이 푸는 모습을 연출할 기회조차 얻지 못할 수도 있기 때문이다. 이럴 때는 그냥 대충 얼버무리고 넘어가는 게 좋다.

"음, 많이도 그렸네."

나는 방 곳곳에 흩뿌려진 그림들을 쭉 살피는 시늉을 했다.

"꽤 재미있어. 역시 수학을 그만두길 잘했어."

나혜는 환하게 웃으며 다시 그림에 열중했는데, 그림에 몰두하는 표정이 징그럽기 그지없었다. 나는 지저분한 그림을 조심스럽게 내려놓았다. 방을 구경하는 척하다가 수학 문제집 한 권을 꺼냈다. 수학 문제집을 손에 들고 느릿느릿 나혜 둘레를 서성거리다가 나혜한테 불쑥 문제집을 내밀었다.

"너, 나랑 같이 수학 풀래? 같이 하면 괜찮을 거야."

그때 나혜가 수학 문제집을 확 낚아채더니 집어 던져 버렸다. 수학 문제집은 방을 가르고 날아가 문틀에 부딪친 뒤, 문 밖으로 튕겨 나갔다.

"꼼수 쓰지 말고, 나가!"

"야, 그래도 한 번……."

"나가라고."

나혜가 버럭 소리를 질렀다.

"알았어, 알았어! 나가면 될 거 아냐."

부아가 치밀었다. 내 옷을 망가뜨리더니 이제는 내 삶마저 망가뜨리는 동생이 정말 미웠다. 이렇게 된 이상 좋게 물러날 수는 없었다. 나는 발에 밟힌 종이를 집어 들었다.

"너는 이게 그림으로 보이니? 두 살짜리 애기가 그려도 너보다는 낫겠다. 미술을 한다고? 웃기지 마! 미술이 뭐 애들 장난인 줄 아니? 이따위 실력으로는 10년을 해도 미술학원에서조차 안 받아 줘."

내 말을 들은 나혜가 벌떡 일어섰다.

"그딴 소리하려면 내 방에 들어오지도 마! 나가! 빨리 나가!"

나혜는 나를 마구 밀쳤다. 여차하면 때릴 기세였다.

나혜에게 떠밀려 방문 밖으로 밀려났고, 고함과 함께 방문이 닫혔다. 힘없이 내 방으로 발길을 돌리는데 발끝에 뭐가 걸렸다. 나혜가 던진 수학 문제집이었다. 허리를 숙여 수학 문제집을 집어 들었다. 나혜 얼굴보다 더 징그러웠다. 징그러운 문제집을 한참 노려보았다. 어둠에

휩싸인 절벽 꼭대기에 선 기분이었다. 한 발자국도 내딛을 수 없는 막막함에 숨이 막혔다.

"쯧쯧!"

혀 차는 소리가 들렸다. 엄마였다. 부엌에서 저녁을 차리던 엄마는 나를 한심하게 쳐다보더니 젓가락을 소리 나게 상 위에 놓았다.

"동생 좀 어떻게 해 보라고 했더니, 더 엉망으로 만드니?"

엄마에게 따지고 싶었다. 왜 그런 짐을 나한테 떠맡기는지 묻고 싶었다. 이런 건 부모가 해야 하는 몫이 아니냐고, 동생이 수학을 그만둔다는데 왜 내 스마트폰이 볼모로 잡혀야 하냐고, 내가 미술을 하는 게 그리도 동생에게 나쁜 영향을 주었냐고, 묻고 싶었다. 버럭버럭 소리라도 지르며 억울함을 하소연하고 싶었다. 그렇지만 그럴 수 없었다. 나는 스마트폰을 손에 쥐어야 한다. 스마트폰이 없어진 지 벌써 이틀째, 현준이와 연락도 제대로 못 하고 있다. 현준이가 너그럽게 상황을 이해해 준다고 하지만, 이런 꽉 막힌 상황이 계속 되면 어떻게 될지 모른다.

"와서 밥이나 먹어. 나혜한테도 밥 먹으라고 하고."

엄마는 조금 누그러진 목소리로 말했다.

"야, 밥 먹어."

나는 동생 방문을 세게 두드렸다.

나혜는 언제 그랬냐는 듯 빙그레 웃으며 등장했다. 엄마와 나는 자기 때문에 기분이 엉망인데, 뭐가 좋아서 저렇게 헤헤거리는지 모르겠다.

저녁을 먹고 영어학원을 같이 가면서 우리는 말 한마디도 나누지 않았다. 영어학원에서 1교시 특강을 듣고 쉬는데 친구 연지가 내 자리로 왔다.

"무슨 걱정 있니?"

"아냐, 그냥……."

연지는 내 은인 가운데 가장 큰 은인이다. 앞서도 말했지만 수학에서 해방되는 길을 연지가 알려 주었다.

"뭐가 그냥이야. 걱정이 한 가득인 얼굴인데."

아무리 연지지만 동생 일을 털어놓고 싶지는 않았다.

"그냥 그럴 일이 있어."

"걱정은 나누면 반이 된다고 했어. 혹시 알아? 내가 고민을 풀어 줄지."

맞는 말이다. 연지는 수학 지옥에서 나를 건져 낸 은인이다. 이번에도 혹시 연지가 내 은인이 될지 누가 알겠는가? 나는 자초지종을 연지에게 털어놓았다. 다른 애들 귀에 들리지 않게 최대한 조심하면서 말했다.

"나혜 고집은 웬만해선 꺾기 힘들 텐데……."

연지도 나혜가 어떤 애인지 잘 안다. 연지마저 절망스럽게 말하니 더 암담했다. 괜히 말했나 싶었다.

"한번 고민해 보자. 뭐든 길이 있겠지."

연지가 그리 말하니 조금은 희망이 생겼다. 곧이어 종이 울리고 연

지는 자기 자리로 돌아갔다. 2교시가 끝나자 연지가 다시 내 자리로
왔다.

"나혜한테 좋은 선물 준다고 하고 잠깐만 다시 다니라고 해 봐. 나혜
가 다시 다닌다고 하면 엄마가 스마트폰 사 주실 거고, 그때는 나혜 마
음대로 하라고 해. 그럼 너도 좋고 나혜도 좋고."

"이미 써먹어 봤어."

"안 된대?"

"잠깐도 싫대."

내 대답을 들은 연지는 실망한 기색이 뚜렷했다. 손으로 턱을 괴고
고민하던 연지가 턱에서 손을 떼면서 눈을 동그랗게 떴다. 뭔가 좋은
길을 찾은 모양이었다.

"너, 윤희 알지?"

우리 학교에서 윤희를 모르는 애는 없다.

"윤희는 왜?"

"윤희가 수학을 엄청 잘하잖아. 그러니까 윤희한테 물어보면 뭔가
답이 나오지 않을까?"

연지는 윤희와 아주 가까운 친구 사이다.

"걔가 내 부탁을 들어줄까?"

나는 윤희와 얼굴만 아는 사이다.

"내가 부탁하면 돼. 내일 오후 3시 이후에 시간 비지?"

독서학원이 3시에 끝나니 그 뒤에는 시간이 남는다. 그 시간에 현준

이를 만나면 좋겠지만, 연락이 제대로 안 돼서 약속을 잡지 못했다. 연지는 마지막 수업이 끝나고 다시 내 자리로 왔다.

"약속은 잡았어?"

"윤희는 4시에 과학학원 끝난대. 그래서 4시에 학원 아래 분식집에서 보기로 했어."

"분식집에서?"

"응, 윤희가 떡볶이를 엄청 좋아하거든."

"아, 그렇구나! 나랑 같이 있어 줄 거지?"

"우리 불쌍한 어린 양을 내버려두지 않을 테니 걱정 마셔."

"눈물 나게 고맙네."

"그럼 그럼. 고마워해야지! 크크크!"

연지가 웃으니 나도 모르게 따라 웃음이 나왔다. 그러고 보니 나혜 때문에 웃음까지 잃어버렸다. 원수도 그런 원수가 없다.

"우린 어떻게 만날까?"

나한테 스마트폰이 있으면 약속잡기 편한데 스마트폰이 없으니 참 불편했다. 어떻게든 빨리 스마트폰을 장만해야지 답답해 미치겠다.

"3시에 독서학원 끝나지? 그때 맞춰서 내가 갈게."

"그래, 고마워. 참!"

문득 현준이 생각이 났다.

"윤희와 한 시간 넘게 만나진 않겠지?"

"한 시간씩이나 걸리겠어? 윤희는 토요일에도 학원 다니느라 바빠서 오래 만나지도 못할 거야."

학원에 얽매여 사는 불쌍한 인생이여! 물론 나도 예외는 아니지만.

"미안한데 전화 좀 빌려줄래?"

"현준이한테 연락하려고?"

"히히히."

나는 기쁜 마음을 숨기지 못했다. 감추려고 해도 웃음이 삐져나왔다. 따지고 보면 나혜 문제만 아니면, 아니 스마트폰만 아니면 내 인생은 밝음이다. 웃지 않을 까닭이 없다. 더 많이 웃고, 더 많이 즐거워해야겠다.

"어휴, 그렇게 좋냐? 자, 여기!"

나는 재빨리 현준이에게 연락했다. 윤희와 만나고 이동하는 시간까지 고려해서 5시 30분으로 약속을 잡았다. 현준이를 떠올리니 가슴이 뛰었다. 내일 만나면, 어쩌면, 현준이가 사귀자고 고백할지도 모른다. 물론 그러면 나는 무조건 받아 줄 것이다. 내일이 현준이와 사귀는 첫날이 될지도 모른다니, 나혜와 함께 집으로 걸어오는 내내 웃음이 끊이지 않았다.

"미쳤어? 왜 비실비실 계속 웃어?"

나혜가 거칠게 말해도 전혀 거슬리지 않았다.

'가혜 수학해방일' 2주년을 17일 앞둔 날은 토요일이었다. 옛날에 수학학원을 다닐 때는 토요일이 가장 싫었다. 툭 하면 보충이 잡혀서 한

정 없이 수학학원에 붙잡혀 지냈기 때문이다. 수학에서 해방된 뒤에 토요일은 아주 한가해졌다. 오후 1시부터 3시까지 독서학원에 가는데, 오전에는 책을 읽고 수업이 끝나면 완전히 자유였다. 무엇을 할지 아무것도 정해지지 않은 자유로운 시간, 그 어떤 얽매임도 없이 내 마음대로 선택이 가능한 시간이다. 내 의지로 무엇이든 채울 수 있는 시간은 내게 더할 나위 없이 소중하다.

아침 일찍 일어나 대충 빵 한 조각 먹고 거실 소파에 앉아 책을 읽었다. 독서학원 선생님은 한 권을 몰아서 읽지 말고 평소에 조금씩 나눠 읽으라고 하지만 그게 쉽지가 않다. 숙제와 학원에 쫓기다 보면 평소에는 책을 붙잡고 있을 짬이 나지 않는다. 그런 건 다 핑계라고 선생님은 구박을 하지만 어쩔 수가 없다. 그래서 토요일 오전은 늘 책을 읽는 시간이다. 책을 읽고 내용을 간단히 정리하면 점심 먹을 시간이 온다.

그날도 나혜는 방에 처박혀 그림만 그렸다. 평소에는 문을 꼭 닫고 지내는 애가 문을 활짝 열어 놓고 보란 듯이 그림을 그렸다. 속이 빤히 보이는 유치한 시위였다. 엄마는 부엌과 안방과 거실을 바쁘게 오가며 뭔가를 계속 하셨다. 책이 얇은데 재미있어서 금방 다 읽었다. 내용을 다 정리했는데도 점심 먹을 시간이 되지 않았다. 때마침 엄마가 내 옆에 앉았다. 엄마는 어제, 그제와 달리 기분이 많이 괜찮아진 듯했다. 자리에 앉으며 콧노래도 불렀다. 이런 기회를 놓치면 안 된다.

"엄마!"

최대한 다정하게 들리는 목소리를 골랐다.

엄마는 콧노래를 부르며 힐끗 나를 봤다. 무엇이든 들어줄 듯한 눈빛이었다.

"엄마도 나혜 변덕은 잘 알잖아?"

나혜는 고집스럽기도 하지만 황당하게 변덕을 부릴 때도 많다. 아무것도 아닌 일에 집착하기도 하지만, 몇 시간 전까지 죽을 듯이 집착하다가도 갑자기 아무렇지 않게 포기해 버리기도 한다. 나는 엄마에게 그 점을 환기해 주고 싶었다.

"무슨 말을 하려고?"

나는 힐끗 나혜 방을 쳐다봤다.

"저러다 금방 바뀔지도 모른다고."

"너~!"

엄마 눈은 웃는데 입은 웃지 않았다. 내 속내를 다 꿰뚫고 있다는 표정이었다.

"나혜랑 뒷거래 할 생각은 아니지?"

"뒷거래라니?"

"나혜한테 뭐 주기로 하고 엄마를 속일 생각이 아니냐고?"

"내가…어떻게… 엄마를 속여?"

"나혜랑 뒷거래를 해서 엄마를 속였다가 들키면 나중에 어떻게 되는지 알지?"

엄마는 내 속셈을 너무나 잘 알고 있었다. 아무래도 엄마는 독심술을 터득한 마법사임이 분명하다.

"에이, 내가 왜 엄마를 속여? 말도 안 되는 소리를……."

나는 어색하게 웃으며 손을 휘휘 저었다. 그 순간 나는 어린아이였다. 누가 봐도 훤히 드러나는 거짓말을 하고 엄마는 모를 거라고 철썩같이 믿는 어린아이가 바로 나였다.

엄마에게 정곡이 찔린 탓에 아무 말도 못 하고 주눅이 들었다. 주눅든 마음은 곧바로 억울함을 자극했다. 왜 말썽은 나혜가 일으키는데 벌은 내가 받아야 할까? 억울함이 불끈 치솟았지만 엄마에게 대들지는 않았다. 내 하소연을 늘어놓으려면 하루 내내 떠들어도 시간이 모자라겠지만, 그 순간에는 꾹 참았다. 무슨 수를 쓰든 나는 스마트폰을 얻어 내야 하고, 그러려면 내 운명을 쥔 엄마에게 무조건 잘 보여야 한다.

나는 최대한 정직함이 묻어나는 눈빛을 꾸며냈다.

"내 말은… 변덕이 심하니 조금 지나면 또 마음이 바뀌지 않을까 하는 거야."

엄마는 물끄러미 나혜 방을 보더니 고개를 끄덕였다.

"그럼…좋겠지만……."

무엇이든 당당하게 밀어붙이는 엄마인데 그 순간은 유난히 자신 없어 보였다.

아무리 봐도 엄마 마음이 바뀔 가능성은 없어 보였다. 이제 기댈 곳은 나혜 변덕뿐이었다. 제발 그 변덕이 빨리 찾아오기를 기도하고 또 기도했다. 수학학원 못 가게 해 달라고 간절히 기도하던 때 이후로 더는 신을 찾지 않았는데, 나혜 때문에 다시 신을 찾게 되었다. 점심을 먹기 전에 기도를 하니 엄마가 나를 이상하게 봤지만 그런 시선에 마음을 쓸 때가 아니었다.

독서학원이 끝나고 나와 보니 연지가 기다리고 있었다. 약속 시간까지 조금 여유가 있었기에 우리는 나무 그늘에 앉아 아이스크림을 먹으며 수다를 떨었다. 즐겁게 이야기를 나누니 한 시간이 금방 지나갔다. 4시에 맞춰 약속 장소인 분식집으로 갔다. 주인에게는 친구가 오면 그때 한꺼번에 시키겠다고 말씀드리고 구석 자리에 앉아 못다 한 수다를 이어갔다. 4시 10분, 윤희는 여전히 나타나지 않았다. 4시 20분, 연지가 윤희에게 문자를 보냈는데 답이 없었다. 가게 주인 눈치가 보여 김밥과 떡볶이를 시켰다. 4시 30분, 학원 선생님이 놓아주지 않아서 늦었다며 10분 뒤에 온다는 문자가 윤희한테서 왔다. 떡볶이도 김밥도 다 먹었다. 4시 40분, 윤희는 나타나지 않았다. 다시 연지가 윤희에게 문자를 보냈다. 윤희에게서 전화가 왔다. 미안하다면서 5시까지는 꼭 온다고 했다.

윤희가 5시에 오면 5시 30분에 현준이와 한 약속을 지키기는 어렵다. 현준이에게 연락을 해야 했다. 그때 연지 전화가 다시 울렸다. 연지 엄마였다.

"엉, 엄마! 뭐라고? 정말? 알았어. 빨리 갈게."

전화를 끊은 연지는 황급히 일어났다.

"가 봐야겠어. 집에 급한 일이 있어서. 미안해."

연지는 너무나 다급해 보였다.

"아니야. 괜찮아!"

"윤희가 곧 온다고 했으니까 조금만 기다려."

연지는 '미안해'란 말을 몇 번이나 남기고 급히 분식집을 나갔다. 연지가 나가고 나니 현준이한테 연락할 방법이 없었다. 윤희가 언제 올지 모르는데 현준이와 연락할 방법은 없으니 답답하고 초조했다. 분식집 주인에게 전화를 빌려 달라고 부탁을 하려다 그만두었다. 인상이 무뚝뚝해 보여서 선뜻 마음이 내키지 않았다. 바로 그때 윤희가 나타났다.

"아, 미안! 많이 기다렸지?"

"어, 조금!"

나는 어색하게 웃었다.

"연지한테는 연락받았어. 급한 일이 있어서 집에 먼저 간다고. 무슨 일인지도 설명을 들었고. 아! 배고프다. 여기요, 떡볶이 2인분만 주세요. 매운 맛으로요."

윤희는 속사포로 말을 쏟아 내고는 물을 한 컵 들이켰다.

"휴, 덥다. 학원은 에어컨을 세게 틀어 놔서 추운데, 밖은 무지하게 더워."

윤희는 손으로 연신 부채질을 하는 시늉을 했다. 뭐라고 말을 걸 틈도 없고, 산만하게 계속 움직이는 바람에 나도 정신이 없었다.

떡볶이가 나오자 윤희는 허겁지겁 떡볶이를 먹었다. 거의 절반을 먹

떡볶이를 두고, 밤정식을 먹다

은 뒤에야 나를 힐끗 보더니 고추장이 묻은 입술을 닦으며 나에게 물었다.

"넌 안 먹니? 매워? 순한 맛으로 하나 더 시킬까?"

"아냐, 연지랑 이미 먹어서 배불러."

"히히, 그럼 내가 다 먹어도 되는 거지?"

윤희는 입을 크게 벌리며 웃더니 다시 떡볶이를 입에 쑤셔 넣었다. 떡볶이를 다 먹고 물을 한 모금 마신 뒤에 윤희는 두 팔을 늘어뜨리더니 숨을 길게 내쉬었다.

"아, 살 것 같다. 점심도 제대로 못 먹고 과학 문제만 풀었거든."

"하루 내내 과학학원에 있었어?"

"원래는 오후에만 하는데, 과학고 입시 때문에 오전부터 나오라고 해서……. 우리 과학학원 선생님들은 아주 독종이야. 어찌나 몰아붙이는지, 어휴 말도 마! 글쎄 나한테 고등 과정뿐 아니라 대학교 수준까지 미리 공부해야 한다는 거야. 과학고에 가서 밀리지 않아야 한다나 뭐래나. 나야 시키는 대로 할 수밖에 없지. 대학교 교재 본 적 있니? 와, 두께가……."

윤희는 손을 휘휘 젓고, 얼굴 표정을 바꿔가며, 쉴 새 없이 말을 늘어놓았다. 손이 하도 많이 움직여서 말에 귀를 기울이기 어려웠다. 말이 빠를 뿐 아니라 낱말도 낯설어서 알아듣기 힘들었다. 나와는 차원이 다른 공간에 사는 외계인과 마주앉은 듯했다.

"저, 미안한데……."

겨우 틈을 봐서 말을 끊었다.

"아, 참! 내 정신 좀 봐. 미안, 미안! 너랑 이야기 하려고 왔는데 내 얘기만 했네. 그래, 동생이 수학을 포기하려고 한다고?"

"그건 그런데, 혹시 전화 좀 빌릴 수 있을까?"

"전화? 너 전화 없어? 어떡하지? 학원에 두고 왔는데……."

눈앞이 깜깜했다. 윤희가 얼마나 수다를 길게 떨었는지 감이 잡히지 않았다. 이미 현준이와 만날 시간이 지났는지도 알 수 없었다. 가게에는 시계가 안 보였다. 다른 손님이라도 있으면 전화를 빌려 보려고 했는데, 가게에는 주인과 우리 둘뿐이었다. 주인은 여전히 무뚝뚝해 보였다.

"급하게 연락해야 돼?"

"아냐, 아냐. 괜찮아."

현준이와 내 관계를 윤희한테 자세히 설명하고 싶지는 않았다. 현준이와 만남은 물 건너갔다. 기다리던 현준이가 화가 나서 가 버리는 모습을 상상했다. 불안하고 초조했지만 애써 괜찮은 척했다. 이렇게 된 이상 빨리 윤희와 이야기를 끝내고 나가야겠다고 마음먹었다. 이 모든 게 나혜 때문이다. 아니 좀비처럼 되살아난 수학 때문이다. 나혜든 수학이든 나는 이 난관을 뚫고 스마트폰을 손에 쥐어야 한다.

"그러니까 동생이 수학을 포기한다고 했단 말이지?"

나는 그동안 벌어진 상황을 대충 설명해 주었다.

"참, 대책 없는 애네."

연지와는 숱하게 나혜 흉을 봤고, 아무리 심한 욕을 해대도 괜찮았는데, 윤희 입에서 동생을 안 좋게 평가하는 말이 나오니 조금 거슬렸다. 나도 대책 없는 애라고 생각하는데 윤희가 한 말이 왜 그렇게 거슬렸는지는 잘 모르겠다.

　"나한테 듣고 싶은 말이 뭐야? 내가 뭘 도와주면 돼?"

　"동생이 수학을 포기하지 않게 하려면 어떻게 해야 하는지 알고 싶어."

　그 뒤에 나온 말은 내 생각에도 없었는데 튀어나왔다.

　"동생이 수학을 좋아하게 하려면……"

　수학을 좋아하게 한다는 말에 스스로 놀라 그 뒷말을 더는 잇지 못했다. 내 말에 내가 당황해서 정신이 혼란에 빠지고 말았다. 내가 왜 '수학'과 '좋아한다'는 낱말을 한 문장 안에 넣었을까? 불가능한 궁합임을 누구보다 더 잘 알면서 어떻게 그런 끔찍한 조합을 만들어 냈을까? 수학 좀비 바이러스가 내 뇌를 망가뜨려 버린 걸까? 그때 윤희가 내 혼란스러움을 깔끔하게 정리해 버렸다.

　"누가 수학을 좋아해서 하냐? 그냥 해야 하니 하는 거지."

　윤희 말을 듣고 나는 깜짝 놀랐다. 다른 사람에게는 당연한 말이지만 윤희 입에서 그 말이 나올 줄은 상상도 못했기 때문이다. 늘 전교 1등을 다투고, 수학 시험에서는 단 한 문제도 틀린 적이 없다는 윤희가 수학을 좋아하지 않다니, 믿기지 않았다.

　"물론 아예 재미가 없는 건 아니야."

그럼 그렇지!

"점수가 잘 나올 때면 좋아. 시험에서 100점을 맞으면, 물론 늘 100점이긴 하지만, 빨간 동그라미만 빽빽한 시험지를 보는 만족감은 있어!"

빨간 동그라미만 있는 수학 시험지라, 꿈 같은 이야기다.

"잘하면 좋고, 못하면 싫잖아. 그냥 그거야. 잘하니까 계속 잘하려고 공부하는 거지, 별다른 건 없어."

윤희에게서 특별한 무언가를 기대했는데, 산처럼 높았던 기대감이 와르르 무너졌다. 그러다 문득 당연하다는 생각이 들었다. 어차피 수학이 재미있는 공부가 될 수는 없다. 수학 점수가 늘 100점인 윤희라고 다를 리도 없다. 윤희가 별나라에 사는 외계인이 아닌 이상, 물론 외계인처럼 보일 때도 있지만, 수학을 좋아하지 않는 게 당연하다. 윤희는 잘하니 계속 잘하려고 할 뿐이다. 잘하면 하고 싶고, 잘하면 계속한다.

나혜는 어떤가? 나혜는 지는 걸 무척 싫어한다. 승부욕이 생기면 물불을 가리지 않고 덤벼 든다. 내 옷을 몰래 입고 간 것도 같은 이유였다. 나보다 예뻐 보이고 싶은 마음이었다. 안 되는 줄 알면서도 예뻐 보이려고 내가 아끼는 옷을 가져갔다. 승부욕이 강하기에 뭐든 하면 이기려 들지만, 바로 그 이유 때문에 이기기 힘든 도전은 안 하려고 한다. 생각이 여기에 이르자 나는 동생이 수학을 포기한 이유를 정확히 헤아렸다. 다른 과목은 나름 열심히 공부하면서 수학은 포기하려고 드는 까닭을 알아차렸다. 동생은 안 해서 못한다는 핑계를 만들고 싶었던

64

것이다. 내가 하면 잘하는데, 그냥 안 하는 거라고 변명 거리를 만들고 싶은 것이다. 어쩌면 잘할 수 있다는 가능성만 생기면 동생은 미친 듯이 수학 공부에 몰두할지도 모른다.

한편으로는 동생이 뜻밖에도 아주 빨리 미술을 그만둘 수도 있겠다는 생각이 들었다. 재능이 없는 동생이 재능이 넘치는 애들을 접하고 나면 좌절감에 빠질 것이다. 미술에 재능 있는 애들을 이길 수 없다는 사실을 깨달으면 지기 싫어하는 동생은 바로 그만둘 수도 있다.

'유레카!'

아르키메데스가 목욕을 하다 뛰쳐나갔을 때 기분을 알 듯했다.

내 머리에 떠오른 작전은 두 가지였다. 첫째 작전, 수학을 잘할 수 있다는 가능성 보여 주기! 수학을 잘할 가능성이 생기면 동생은 다시 수학 공부를 하고, 내게는 스마트폰이 생긴다. 둘째 작전, 미술학원에 데려가 모자란 재능을 깨닫게 하기! 미술을 포기하게 만들면 다른 길이 없으니 동생으로서도 어쩔 수 없이 수학을 하게 될 것이다. 물론 미술 말고 다른 길을 가겠다고 할 수도 있겠지만, 그럴 때는 엄마가 나한테 스마트폰을 안 사줄 명분이 사라진다.

희망을 발견한 나는 윤희에게 바짝 다가들며 물었다.

"동생처럼 수학을 못하는 애가 수학을 잘하려면 어떻게 해야 해? 무슨 비법이 있을까?"

정말 궁금했다. 내가 수학에 얽매여 살 때부터 알고 싶었고, 수학에서 해방된 뒤에도 알고 싶었던 질문이었다. 어떻게 해야 수학을 잘할 수 있는지…….

"수학을 잘하려면 개념을 잘 다져야 해. 개념이 확실하면 ……."

윤희는 손을 휘휘 저으며, 수십 가지 표정을 지으며, 개념이 왜 중요한지, 어떻게 개념을 다져야 하는지를 한참 동안 설명했다. 내가 제대로 못 알아듣는 듯한 기색을 내비치자 2차 방정식을 예로 들며 정성스럽게 설명했다. 2차 방정식 수치까지 바꿔가며 꼼꼼하고 세심하게 설명했지만 나는 전혀 귀담아 듣지 않았다. 아니 귀담아 들을 수가 없었다. 윤희가 하는 말은 수학학원을 다닐 때 지겹도록 들었기 때문이다. 현준이와 약속까지 어긋나며 만난 윤희에게서, 그 옛날 지겹도록 들었던 뻔한 말을 듣고 있으니 시간이 아까웠다. 빨리 윤희를 보내고 현준이에게 연락하고 싶었다.

나는 그만 듣고 싶은데 윤희는 말을 끊지 않았다. 내가 끼어들 틈도 주지 않았다. 몇 달은 대화에 굶주린 사람처럼 보였다. 배불리 먹은 떡볶이가 모조리 소화될 만큼 시간이 지난 뒤에야 윤희는 설명을 멈췄다.

"개념이 왜 중요한지 이제 잘 알아들었지?"

'개가 방정식 뜯어 먹는 소리 하지 말라'고 쏘아붙이고 싶었지만 꾹 참았다. 길게 답하면 또다시 긴 설명을 늘어놓을까 봐 단 한 음절로 답했다.

"응."

안타깝게도 내 의도는 정반대 효과를 발휘했다. 윤희는 답이 짧으면 이해도 짧은 줄 아는 모양이었다. '응'이란 말을 듣자마자 윤희는 자리를 고쳐 앉더니 내게 바짝 다가들었다.

"설명이 부족하나 보네. 더 설명해 줄게. 뭐냐면……."

"아냐, 아주 잘 알아들었어. 아주 고마워. 정말 많이 도움이 됐어. 이제 동생에게 어떻게 하면 될지 길이 좀 보여."

나는 어떡하든 말을 길게 늘였다. 길게 답하면 답할수록 이해를 제대로 했다고 믿는 윤희가 만족할 만큼 길게~~~~~~~ 늘여서 답했다.

그때서야 윤희는 몸을 뒤로 젖히더니 팔을 축 늘어뜨렸다. 아주 만족스러운 표정이 얼굴에 한가득 피어올랐다. 배가 불러서인지, 말을 충분히 해서인지, 아니면 나에게 큰 도움을 주었다고 착각해서인지는 모르지만 어쨌든 만족스러워 보였다.

윤희를 보내고 난 뒤 번개처럼 다른 가게로 들어가서 시간을 확인했다. 6시 30분! 현준이와 만나기로 한 시간보다 한 시간이나 지났다. 윤희와 보낸 시간이 그렇게 길었던 걸까? 내 귀한 시간을 몽땅 훔쳐가 버리다니, 혹시 윤희는 『모모』에 나오는 회색신사일까? 도움도 안 되고, 헤아리기도 어려운 설명을 중간에 끊지 못하고 머뭇거리다니…….

나에게 잔뜩 화가 났을지도 모를 현준이를 떠올리니 조바심이 났다. 최대한 빨리 집에 가서 집 전화로 현준이에게 연락을 했다. 문자를 보내고 싶었지만 스마트폰도 컴퓨터도 함부로 쓸 수 없어서 달리 방법이 없었다. 전화를 걸었는데 현준이가 받지 않았다. 삐진 걸까? 아니면 무슨 일이 있는 걸까? 연락을 할 수 없으니 답답해 미칠 지경이었다. 현준이와 이어지던 선이 툭 끊어진 기분이 들었다. 이러다 현준이와 어긋나기라도 하면, 그때는 정말 나혜를 어떻게 해 버리고 싶을지도 모른다. 자초지종을 말하며 사과하면 현준이는 아마 이해해 줄 것이다. 그렇지만 스마트폰이 없으면 언제든지 이런 일이 벌어질 수 있고, 그때도 현준이가 넉넉한 마음으로 용서해 줄지는 확실하지 않다. 그렇게 생각하니 앞날이 암담했다.

　뭐든 빨리 해야 했다. 나는 윤희와 만나면서 들었던 생각들을 곰곰이 되씹었다. 윤희가 쓸데없는 말을 많이 늘어놓기는 했지만, 어쨌든 윤희 덕분에 내게 닥친 시련을 해결할 길은 찾았다. 나혜가 수학을 잘하게 하든지, 미술을 포기하게 만들어야 한다. 월요일에 나혜를 미술학원에 데려가고, 내일은 일요일이니 나혜를 붙잡고 수학을 잘하게 만들 수 있는 방법을 찾아보기로 했다. 가능성은 낮지만 수학에 자신감이 생기면 나혜가 마음을 바꾸는 변덕을 부릴 수도 있다.

　수학을 나혜에게 가르치려면 나도 준비가 필요했기에 나혜가 내던진 수학 문제집을 펴들었다. 떠올리고 싶지 기억을 꺼내는 고통이 극심했지만, 제 발로 지옥으로 걸어 들어가는 괴로움이 이루 말할 수 없었지만, 이를 악물었다. 내 손에 들어올 스마트폰을 떠올리며, 수학 문제집이 주는 고통을 이겨 냈다.

　　　　　　　　　　　　　　　　　떡볶이를 두고, 반정식을 먹다

04

젓가락이 등호로 보일 때

'가혜 수학해방일' 2주년을 16일 앞둔 날, 일주일 가운데 유일하게 늘어지게 잠을 자는 일요일인데, 나도 모르게 아침 일찍 눈을 떴다. 더 자고 싶어도 걱정 때문에 잘 수가 없었다. 밤늦게까지 나혜 수학 문제집을 보며 씨름을 해서 그런지 머리가 무거웠다. 머리도 아프고 가슴도 답답했지만 일어나자마자 다시 나혜 수학 문제집을 살폈다. 나혜는 10시가 다 되어서야 거실로 얼굴을 내밀었다. 나는 시계를 힐끗힐끗 보며 나혜와 수학을 함께 할 기회를 엿봤다. 같이 공부할 시간은 오전 뿐이었다.

일요일에는 우리 집 컴퓨터 사용 시간과 사용자가 정해져 있다. 오전은 나, 오후는 나혜다. 일요일에는 컴퓨터를 자유롭게 쓸 수 있는데 일요일마다 나와 나혜가 컴퓨터 사용을 두고 다투니 엄마가 오전 오후로 나눠서 사용자를 정하라고 했다. 내가 오후를 차지하고 싶었지만 가위바위보에서 져서 오전이 되었다. 오전에 컴퓨터를 쓰면 현준이와 컴퓨터를 이용해 메시지를 주고받을 수도 있는데, 안타깝지만 포기할 수밖에 없었다. 오후가 되면 나혜는 죽어라 컴퓨터에 매달릴 테고 그러면 어떻게 해 볼 길이 없다. 일요일 저녁에 수학 공부를 붙잡고 있을 수는 없었다.

거실 소파에 비스듬히 누워서 뒹구는 나혜에게 조심스럽게 다가갔다. 나혜 눈치를 한참 살피다가 은근슬쩍 말을 건넸다.

"너, 오전에, 나랑 같이 수학 공부 안 해 볼래?"

나혜는 소파에 기댄 채 잠깐 동안 나를 멀뚱멀뚱 보더니 발을 탁 차며 윗몸을 일으켰다.

"좋아!"

아주 가볍고 경쾌한 대답이었다.

이렇게 쉽게 내 제안을 받아들이다니 뜻밖이었다. 엄청 튕기며 이런저런 대가를 요구하거나, 절대 안 된다고 철벽 방어를 할 줄 알았기 때문이다. 어쩌면 자기보다 더 수학을 싫어하는 내가 수학을 같이 하자고 하니 호기심이 동했는지도 모르겠다. 아니면 내가 컴퓨터를 쓰는 시간까지 포기하고 자기와 수학을 하겠다고 하니 신기해서 받아 줬는지도 모르겠다. 이유가 어쨌든 내게 기회가 왔고 나는 그 기회를 살려야 했다.

실낱같은 희망이지만 나는 그 희망을 꼭 움켜쥐었다. 동생이 나와 수학 공부를 하다 갑자기 수학에 흥미가 생길지도 모른다. 아니면 컴퓨터까지 포기하며 동생을 가르치는 내 모습을 보고 엄마가 감동할 수도 있다. 그것도 아니면 나혜가 갑자기 변덕을 부려 다시 수학을 하겠다고 결심할 수도 있다. 무엇이든 이루어지기만 한다면 바로 그 순간 내가 겪는 모든 괴로움은 끝난다.

'개념부터 차근차근!'

윤희가 침을 튀기며 강조했던 말을 속으로 곱씹으며 나혜 방으로 들어갔다. 엄마가 볼 수 있도록 방문은 일부러 열어 두었다. 방바닥과 책상 위에는 괴발개발 그린 그림들로 지저분했다. 쓰레기장 같은 방에 쓰레기 같은 그림들이었다.

"이걸 잘 봐."

나는 1학년 2학기 수학 가운데 가장 쉬워 보이는 곳을 편 뒤 기초 개념을 설명한 대목을 연필로 짚었다. 나혜는 말똥말똥한 눈으로 연필 끝에 놓인 꾸불꾸불한 숫자와 수식과 글자를 쳐다보았다. 자세가 좋았다. 가능성이 보였다.

"뭐든 기초가 중요해. 수학은 개념이 기초야. 그러니까 개념을 먼저 확실하게 다져야 해."

이런 말을 내 입으로 직접 하다니……으으윽!!!

"개념을 공부할 때는 먼저 설명을 또박또박 읽어야 해."

나는 윤희가 말해 준 방식을 그대로 따라했다. 윤희가 한 말이 쓸데없을 줄 알았는데 조금은 도움이 되었다.

내가 먼저 개념이 나온 부분을 또박또박 읽고, 나혜에게 읽어 보라고 시켰다.

"자, 너도 한 번 소리 내서 읽어 봐."

나혜는 읽지 않았다. 그저 나를 뚫어져라 보기만 했다.

"읽어 보라니까?"

내가 다시 권했지만 나혜는 아랫입술을 삐죽 내밀고는 가만히 있었다.

강요할 수는 없었다. 안 읽는다고 화를 낼 수도 없었다. 나는 어떡하든 나혜 마음을 바꿔 놔야 하는 약자였다. 엄마에게 잘 보여야 하는 어린 양이었다. 하는 수 없이 내가 한 번 더 읽었다.

"무슨 말인지 알겠어?"

나혜는 눈을 동그랗게 뜨더니 고개를 살짝 흔들었다. 표정도 몸짓도 다 얄미웠다. 등짝이라도 후려치며 때려치우고 싶었지만 그럴 수는 없었다.

"이해를 못한 모양인데, 내가 설명을 해 줄게."

내가 수학 개념을 다른 사람에게 설명을 하다니 황당하지만 현실이었다. 지옥에서 수학 감옥에 갇혀 벌을 받는 모습을 상상할 때도 떠올린 적 없는 장면을 현실에서, 남이 시켜서도 아니고, 내가 스스로 하고 있다니, 환장할 노릇이었다. 그나마 내 노력이 성과를 거두면 좋겠는데 아무리 설명을 해도 나혜는 계속 이해하지 못하겠다는 몸짓을 내보였다. 진짜로 개념을 제대로 이해하지 못했는지, 아니면 알고도 모르는 척하는지는 알 수 없었다. 내 어림으로는 알고도 모르는 척하는 듯했지만, 일부러 그러냐고 따지고 들 수는 없었다.

개념에서 막히니 문제풀이도 어려웠다. 내가 문제를 풀어 보라고 하면 나혜는 가만히 연필만 놀렸다. 내가 풀어서 보여 주면 고개만 끄덕이고 말았다. 차라리 강아지에게 수학을 가르쳐도 그보다는 나을 듯했다. 너무 힘들어서 중간에 그만두려 했지만 엄마가 지켜보는 낌새가 느껴져 그만두지도 못했다.

두 시간 동안 힘을 쏟아부은 뒤에 나는 완전히 지쳐 버렸다. 점심 먹을 시간이 되기도 했지만, 더는 나혜를 붙잡고 수학을 가르칠 힘이 남아 있지 않았다. 수학 문제집을 들고 힘없이 일어서는데 나혜가 빙그레 웃으며 말했다.

"애썼어."

비웃음인지 격려인지 헷갈렸다. 격려 같지는 않았지만, 그렇다고 딱히 비웃음이라고 느껴지지도 않았다. 어쩌면 나혜가 내 정성에 조금은 흔들린 게 아닌가 하는 기대감마저 들었다. 나혜 방을 나올 때 거실에 앉은 엄마와 눈이 마주쳤는데 엄마도 나를 대견하게 여기는 듯했다. 조금만 더 노력하면 엄마도 내게 감동해서 스마트폰을 사 줄지도 모른다는 기대가 생겼다. 힘들었지만 어쨌든 나름 의미 있는 시도였다. 조금 더 준비해서 다시 한 번 시도해 봐야겠다고 다짐했다.

점심을 먹고 나서 현준이에게 전화를 걸었는데 현준이는 여전히 받지 않았다. 나혜 스마트폰이라도 빌려서 문자를 보낼까 하다가 그만두었다. 괜히 나혜에게 트집을 잡히기 싫었다. 컴퓨터는 나혜 차지라 쓸 수도 없었다. 안타까움을 달래며 내 방으로 들어가 쉬려는데 연지에게서 전화가 왔다.

"애들이랑 놀기로 했는데 네가 스마트폰이 없다는 걸 깜박했지 뭐야."

여기서 말하는 애들이란 연지와 내가 가깝게 어울리는 친구들이다.

"집을 나서다 네가 스마트폰이 고장 났다는 사실이 떠올라서 연락했어. 혹시 오후에 시간 있어?"

잊지 않고 나를 챙겨 준 연지가 눈물 나게 고마웠다. 안 그래도 나혜 때문에 쌓인 힘겨움을 풀 곳이 필요했다. 바로 준비해서 나가겠다고 했다. 연지는 길이 엇갈릴 수도 있다면서 우리 집 앞으로 직접 오겠다고 했다. 스마트폰이 없으니 시간이나 장소가 어긋나면 제대로 만나지 못할 수도 있었다. 현준이와 엇나간 일이 떠올랐다. 그저 잠깐 스마트폰이 없을 뿐인데 마치 현대산업도시 한복판에 버려진 원시인이 된 듯 쓸쓸했다.

연지를 만나자마자 나는 현준이에게 문자를 보냈다. 버스를 타고 가는 동안 현준이에게서 문자가 왔다.

💬 미안, 사촌동생 때문에 전화 못 받았어. ㅠㅠ

💭 아 그랬구나, 난 또!

💬 사촌동생이 왔는데 내가 데리고 다니며 놀아 주고 있거든.

💬 하도 활발해서 아주 정신이 없어. ^.^~~ㅠㅠ

💭 어제는 내가 미안해.

💭 ㅠㅠ 한 시간 기다렸는데. ㅠㅠ

한 시간 씩이나 기다리다니 미안하기도 했지만, 한편으로는 나를 오랫동안 기다린 그 마음이 고마웠다.

💭 미안 미안 미안.

💬 스마트폰이 없으니 답답하긴 하더라.

💬 어떻게 해 볼 수도 없고.

내 손에서 스마트폰을 앗아간 엄마, 나혜가 원망스러웠다.

💭 나도 답답해. ㅠㅠ

내가 현준이와 문자를 주고받는 동안에 연지에게 문자가 여러 통 왔다. 아무리 가까운 친구지만 연지 눈치가 보여서 더는 현준이와 문자를 주고받을 수 없었다. 나는 다시 연락하겠다고 하고는 스마트폰을 연지에게 돌려주었다. 내게 스마트폰을 건네받은 연지는 나와 이야기를 나누면서도 쉼 없이 문자를 주고받고, SNS를 하고, 인터넷 검색을 했다. 저게 옛날 내 모습이었는데, 나도 이럴 때 편안하게 현준이와 문자를 주고받아야 하는데, 그 모든 게 내 손에서 사라져 버린 현실이 안타까웠다.

혜진이, 규리, 현민이, 주현이는 미리 모여서 기다리고 있었다. 우리는 백화점을 돌아다니며 구경을 한 뒤에 노래방에 들어갔다. 두 시간 동안 노래를 부르고 나니 배가 고팠다. 분식점으로 가는데 규리와 현민이가 이상한 손짓을 하며 장난을 쳤다. 집게손가락을 가위 모양으로 겹쳐서 툭툭 치고는 깔깔거리며 웃었다. 지켜보는 애들 모두 키득거렸다. 나만 영문을 몰라 멀뚱멀뚱 보다가 슬그머니 웃는 척했지만 입맛이 썼다.

내가 스마트폰 세상에서 밀려난 사이에 가위표에 얽힌 재미있는 일이 있었던 모양이다. 오랫동안 함께 어울린 친구들이고, 서로 모르는 게 없이 비밀을 공유하고, 척하면 척하고 주고받는 사이였는데, 내 손에서 스마트폰이 사라진 단 며칠 동안에 친구들과 깊은 틈이 벌어진 듯했다. 집게손가락을 가위 모양으로 툭툭 치는 게 무슨 의미인지 알고 싶었지만 괜히 소외감만 커질 듯해서 묻지 않았다.

분식집에서 배불리 먹은 뒤 이것저것 물건을 사서 집으로 돌아왔다. 가위표 때문에 소외감이 들기는 했지만 그래도 친구들과 마음껏 어울려 노니 나혜와 수학 때문에 쌓였던 괴로움이 줄어든 듯했다.

집에 돌아왔는데 또다시 차가운 기운이 흘렀다. 엄마와 나혜가 한바탕 부딪친 모양이었다. 나혜는 방문을 걸어 잠그고 저녁을 먹으러 나오지도 않았고, 엄마는 거실에 앉아 팔짱을 낀 채 씩씩거리고 있었다. 내 스마트폰도 중요하지만 우리 집안 전체를 위해서도 나혜를 어떻게든 해야 했다. 나는 둘째 계획을 엄마에게 제안하기로 했다.

"엄마, 내일 나혜를 미술학원에 데려갈까 봐."

내 제안을 들은 엄마는 발끈했다.

"미쳤니? 안 그래도 미술학원에 보내 달라고 난리치는 애를 미술학원에 보내면, 얼씨구나 좋다 하면서 갈 텐데……."

"물론 그럴 수도 있지, 그렇지만……."

나는 일부러 '그렇지만'에 힘을 잔뜩 주었다.

"나혜가 원래 잘하는 건 엄청 집중해서 하지만, 못하는 건 아예 안 하려는 성향이 있잖아."

"그건… 그렇지. 그럼……?"

엄마는 단번에 내가 무슨 말을 하는지 알아차린 듯했다.

"미술학원에 데려가서 모자란 재능을 처절하게 깨닫게 해 주는 거야. 엄마도 알다시피 나혜는 그림에 소질이 없어. 요 며칠 동안 나혜가 그린 그림 봤어? 서너 살짜리 애들보다 못한 그림들이야. 저런 애를 미술학원에 데려가서 또래 애들이 얼마나 그림을 잘 그리는지 보여 주면 부끄러워서라도 포기하지 않겠어?"

엄마는 팔짱을 끼고 왼쪽 눈썹을 치켜 뜬 채 골똘히 생각에 잠겼다. 내 말이 얼마나 타당한지 속으로 곱씹어 보는 듯했다. 조금 뒤 치켜 뜬 왼쪽 눈썹이 제자리로 돌아왔고, 팔짱도 풀렸다.

"좋아! 괜찮은 생각이야."

그 뒤에 덧붙은 말은 내게 큰 힘이 되었다.

"오전에 수학도 가르치고, 내일 미술학원에 데려가겠다고 하고, 언니 노릇 제대로 하네."

내 작전이 맞아떨어진 기쁨을 드러내고 싶었지만, 애써 눌렀다.

"언니로서 당연하지."

내가 말해 놓고도 닭살이 돋았지만, 그 순간에는 아주 적절한 대응이었다.

나는 나혜 방으로 가서 문을 두드렸다. 처음에는 아무런 대꾸가 없었다.

"내일 미술학원 같이 가려고 하는데, 싫으면 말고."

이렇게 툭 내뱉고 몸을 돌리는데 방문이 열렸다. 입이 귀에 걸린 나혜 얼굴이 나타났다.

"정말?"

누가 웃는 얼굴에 침 못 뱉는다고 했을까?

"9시 30분까지 가야 하는 건 알지?"

침을 집어 삼키고 억지로 웃었다.

"헤헤, 잘 알지. 고마워 언니!"

고마워 언니? 나혜와 자매로 살아오면서 처음으로 두 낱말을 같이 들었다. 나혜는 자신이 누리는 걸 늘 당연하게 여겨서 고맙다는 말을 절대 안 했다. 두 살 많은 나를 웬만해선 언니라고 부르지도 않았다. 말을 배운 뒤부터 언제나 '야'와 '너'가 언니인 나를 부르는 호칭이었다. 한 번은 엄마 앞에서 나를 '쟤'라고 불렀다가 심하게 혼나기도 했다. 그런 나혜가 미술학원에 데려가 주겠다는 말에 '고마워 언니'라고 했으니, 그 속내가 뻔히 보여서 더욱 얄미웠다.

"준비할 건 없어?"

"내일은 그냥 구경하는 거니까 그냥 따라만 와."

"처음 가는데 가서 그림이라도 그리려면 뭐라도 챙겨 가야 하는 거 아냐?"

"정 필요하면 내거 빌려줄게."

"와! 언니 미술 도구를……."

나혜 입이 스마트폰만큼 커졌다. 나혜가 내 방을 몰래 들락거릴 때에도 내 미술 도구는 건드리지 못했다. 심지어 내 새 옷을 훔쳐 가면서도 내 미술 도구는 건드리지 않았다. 다른 건 몰라도 내가 미술 도구를 얼마나 애지중지 하는지 잘 알기 때문이다. 엄마와 아빠도 내 미술 도구나 그림은 건드린 적이 없다. 그런 내가 미술 도구를 빌려주겠다고 했으니 나혜도 놀랄 수밖에 없었던 것이다. 나로서는 가슴 아픈 양보였지만, 어쩔 수 없는 선택이었다.

"옷은 뭐 입고 가?"

연애 하러 가는 거 아니거든?

"지저분해져도 괜찮은 옷 입어."

모두 아끼는 옷들일 텐데 어쩌니?

"그래야겠지? 그림을 그리려면……."

네가 그림을 그린다고? 제발 그림을 그만 모독하렴.

"편안한 옷 입어. 그렇다고 잠옷이나 체육복을 입지는 말고."

제발 잠옷을 입고 가렴.

"크크크, 언니는 농담도 잘해! 나도 그 정도 상식은 있어."

네가 상식이 있다고? 상식이 있는 애가 미술을 하겠다는 거야?

"아침에 같이 나갈 거니까 늦지 않도록 해."

제발 늦게 일어나서 '나는 미술학원 못 다닐 것 같다'고 포기를 선언하면 좋겠어!

"걱정 마, 언니!"

나혜는 보기 싫은 웃음을 남기고 방문을 닫았다.

'가혜 수학해방일' 2주년을 15일 앞둔 월요일, 8시쯤 일어나서 거실로 나왔더니 나혜는 이미 옷을 예쁘게 차려입고 화장까지 한 채 거실 소파에서 기다리고 있었다. 방학만 되면 맨날 10시가 넘어도 안 일어나던 애가 해도 뜨기 전에 일어나 아침 내내 부산을 떨었다고 한다. 엄마는 불안한 눈길로 나혜를 보다가 내게 귓속말을 건넸다.

"쟤, 저러다 미술학원 다니게 해 달라고 더 심하게 떼쓰면 어떡해?"

나도 그런 걱정이 없지는 않았지만 어차피 나혜 됨됨이에 재능 없는 일을 오래 붙잡지는 못할 거라고 믿었다.

"미술학원만 가면 자기가 얼마나 재능이 없는지 깨닫고 포기할 거야."

"제발 그러면 좋겠는데……."

엄마가 계속 불안해 하니 나도 덩달아 불안해졌다. 그렇다고 다른 선택지도 없었다. 나는 일부러 느긋하게 준비하며 나혜가 안달복달하게 만들었다. 학원까지 걸어 갈 때도 걸음을 느릿느릿 옮겼다. 앞서서 걷던 나혜는 몇 번이나 뒷걸음질 치며 나에게 되돌아왔다.

문득 저렇게 좋아하면 나혜가 미술학원에 다녀도 좋겠다는 생각이 들었다. 내 스마트폰만 걸려 있지 않다면 굳이 반대하고 싶지 않았다. 물론 엄마를 설득할 길이 막막하지만 나혜가 잘만 해 준다면 불가능하지만은 않을 듯했다. 그러다 나혜가 그동안 보여 주었던 고집과 변덕을 떠올리고는 옆길로 삐져 나가는 생각을 얼른 다잡았다. 나혜와 뒷거래를 해서 결과가 좋은 적이 없었다. 나혜는 상황이 조금만 바뀌거나 마음이 흔들리면 반드시 뒤통수를 칠 애다. 그러면 모든 잘못은 모조리 내가 뒤집어 써야 한다.

'미술학원에 가서 재능이 없다는 사실을 철저히 깨닫게 해야 돼! 그럼 포기할 거야. 오직 그 방법뿐이야!'

나는 마음을 굳게 먹고 미술학원 문을 밀었다.

현관에 들어서자 나혜는 좌우에 걸린 그림을 보며 호들갑을 떨었다.

"와, 세상에, 이런, 어쩜, 멋지다!"

학원에 애들이 오는 시간이라 입구에 서서 그림을 보기 불편했지만 나혜가 그림을 자세히 보도록 내버려두었다. 나혜는 모든 그림을 다 꼼꼼히 본 뒤에야 내 쪽으로 몸을 돌렸다.

"그림이 모두 끝내줘!"

나혜가 달뜬 얼굴로 말했다.

눈빛이 초롱초롱 빛나고 앞일에 대한 설렘으로 볼이 분홍빛으로 물들었다. 어지간히 감탄한 모양이었다. 나는 속으로 쾌재를 불렀다. 내 의도가 먹혀들었기 때문이다.

"잘 그렸지?"

내가 묻자 나혜는 해맑게 웃으며 다시 한 번 그림들을 쭉 훑어보며 명랑하게 고개를 끄덕였다.

"여기 그림은 모두 초등학생들이 그린 거야."

나는 빙그레 웃으며 반쯤은 나혜를 놀리 듯 말했다.

초등학생이 그린 어설픈 그림을 보고 위대한 걸작이라도 만난 듯이 감탄을 하다니, 네가 얼마나 그림을 못 그리는지 알겠지? 하기는 네가 그린 그림에 견주면 세상 사람이 그린 거의 모든 그림이 걸작이긴 하지.

아주 솔직하게 쏘아붙여 주고 싶었지만 내 생사여탈권을 쥐신 동생님 심기를 함부로 건드릴 수는 없었다. 초등학생들이 그렸다는 말에 나혜 눈빛이 살짝 흔들렸다. 자기 재주가 초등학생들보다 못하다는 냉혹한 현실에 조금은 놀란 듯했다. 미술학원 입구부터 작전이 잘 먹혀들어 갔다.

미닫이문을 열고 미술학원으로 들어간 다음 대기실로 갔다. 나혜는 대기실에 걸린 그림들을 살피며 자리에 앉았다.

"원장님께 말씀드리고 나올 테니까 잠깐 기다려. 기다리면서 여기 걸린 그림도 구경해."

나혜는 입을 바보처럼 벌리고 둘레에 걸린 그림을 멍하니 구경했다.

입구에 걸린 그림과는 수준이 다른 그림들이었다. 나혜가 기가 죽을 만한 작품들이었다. 나혜 얼굴에서 웃음과 설렘이 스마트폰 액정이 깨지듯이 사라졌고, 그만큼 내 기쁨은 커져 갔다.

나는 몰래 챙겨 온 봉투를 들고 원장실로 들어갔다.

"안녕하세요."

"안녕! 표정을 보니 할 말이 있나 보네."

"네, 부탁드릴 일이 있어서……."

"뭔데?"

"그게, 조금 길게 말씀드려야 해서."

나는 원장님 책상 앞에 놓인 의자에 앉았다.

"무슨 일인데?"

"지금 밖에 제 동생이 와 있어요."

"동생? 동생이 왜?"

"동생이 미술을 전공하겠다고 해서 집이 조금 시끄러워요."

"동생이 미술을 전공할 수도 있지. 뭐가 문제야?"

원장님 눈가에 잔주름이 잡혔다.

기다리던 말이었기에 얼른 봉투에서 종이를 꺼냈다. 봉투에 든 종이는 나혜 방에서 내가 몰래 가져온 것들이었다. 잘 그리려고 애쓰긴 했는데 형편없는 솜씨가 적나라하게 드러나는 그림으로만 일부러 골라서 챙겨왔다.

"저도 재능만 있다면 말리지 않아요."

나는 나혜가 그린 그림을 원장님께 내밀었다.

"방학이 된 뒤에 하루 내내 방에 처박혀서 그림을 그리는데, 잘 그렸다는 그림이 이래요."

원장님은 나혜 그림을 쓰윽 보더니 빙그레 웃었다.

"동생 고집이 세니?"

"네. 조금……."

물론 '조금'이 아니라 '아주'가 맞지만, 남 앞에서 내 동생 험담을 하고 싶지는 않았다. 아무리 미워도 내 동생이니까.

"그림에서 굉장한 고집이 느껴지네."

"그림에서 사람 됨됨이도 보이나요?"

"당연하지. 그림이야말로 사람 속내를 가장 잘 보여 줘."

그림이 어떻게 사람 속내를 보여 주는지 자세히 설명을 듣고 싶었지만, 궁금증은 뒤로 미루기로 했다. 당장은 나혜 일이 급했다.

"엄마가 걱정을 많이 하세요."

"무슨 뜻인지 알아들었어. 어머님도 너와 같은 뜻이니?"

"네. 그러니까 저한테 동생 데리고 학원에 가 보라고 하셨죠."

"잘 알아들었어. 재능이 없는 사실을 확실히 깨닫게 해 달라는 거지?"

"되도록이면 미술을 하는 게 얼마나 힘든지도 팍팍 느끼면 좋겠어요."

나는 '팍팍'을 아주 팍팍하게 발음했다.

내 발음이 웃겼는지 원장님이 빙그레 웃었다. 그러더니 갑자기 정색을 했다.

"너는 미술을 하는 게 힘든가 보네?"

"아뇨."

나는 손사래를 쳤다.

"농담이었어. 농담!"

"아…… 네……."

이런 상황에서 농담이라니, 심하세요.

"좋아. 우리 가혜 부탁인데 제대로 들어줘야지. 안 그래도 오늘 실기 지도하는 아르바이트 선생이 새로 왔으니까 오늘 제대로 군기 잡아 보라고 할게."

"감사합니다."

인사를 꾸벅 하고 자리에서 일어났다.

"그나저나 내가 한 제안은 생각해 봤니?"

"네! 원장님 말씀대로 하는 게 좋을 듯해요."

"좋아! 방학 때 열심히 해서 본새 나는 열매를 거둬 보자."

본새 나는 열매라니, 말투도 표현도 조금 웃겼다.

"그래야죠. 감사합니다."

나는 다시 인사를 하고 원장실을 나왔다.

대기실로 나오니 나혜는 그림을 구경하느라 정신이 없었다. 그림에 넋을 빼앗긴 모습이 얼빠진 바보 같았다. 그림에 감탄해서 감상을 하는 모습이라기보다는 자기가 따라갈 수 없는 높은 수준에 기가 죽은 느낌이었다. 내 뜻대로 된 듯해서 기뻤지만, 한편으로는 안쓰럽기도 했다. 내 스마트폰만 걸려 있지 않다면 나혜가 아무리 재능이 없어도 적극 밀어주고 싶었다.

'거래를 제안해 볼까?'

이런 생각이 또다시 들었지만 재빨리 그만두었다. 나혜와 뒷거래를 하느니 바로 독약을 마시는 편이 낫다.

"그림 구경은 잘 했어?"

나혜는 시무룩한 채 아무런 말도 하지 않았다.

아주 깊이 좌절하고, 미술을 하고 싶다는 말은 얼른 취소해라. 다시 열심히 수학학원 다닌다고 해. 그래야 너도 좋고 나도 좋아!

나는 속으로는 웃고, 겉으로는 마음을 써 주는 척했다.

"원장님께 말씀을 드렸는데, 오늘 새로 오신 선생님이 특별히 널 지도해 주신대."

아주 착한 언니처럼 보이게 상냥한 말투도 꾸며냈다.

내가 친절을 베풀었지만 나혜는 아무런 대꾸를 안 했다. 조금 뒤 단발머리에 눈이 크고 입술이 유난히 붉은 여자가 대기실로 왔다. 낡은 청바지에 예쁜 수가 놓인 앞치마를 걸치고 나타난 걸 보니 새로 온 아르바이트 선생님이었다.

"안녕! 네가 가혜지?"

"네, 안녕하세요."

"원장님이 네 동생 가르쳐 주라고 하셨는데…, 네가 동생이구나!"

나혜는 말은 안 하고 목만 살짝 까딱했다. 처음 만난 내 친구들 앞에서도 까불거리고 막무가내로 굴던 버르장머리는 온데간데없었다.

"동생이 미술을 하고 싶다고 해서요. 잘 부탁드립니다."

"오전만 봐주면 되는 거지?"

"네. 점심때까지만 가르쳐 주세요. 소질이 있는지 없는지도 봐주시구요."

나는 '소질'에 살짝 힘을 주었다.

아르바이트 선생님은 나혜 모르게 나에게 윙크를 했다. 원장님께 제대로 설명을 들은 모양이었다.

"선생님께 그림 잘 배워. 나는 수업에 들어가야 하니 이따 보자."

나는 나혜 등을 토닥이고 강의실로 들어갔고 나혜는 아르바이트 선생님을 따라서 작은 방으로 들어갔다. 오전 시간은 아주 즐거웠다. 머지않아 나혜가 미술을 포기하겠다는 선언을 할 게 확실하고, 그러면 나에게는 새 스마트폰이 생긴다. 현준이와 마음껏 연락하고, 사귀는 장면까지 상상하니 괜히 가슴이 뛰었다.

점심은 금방 왔다. 오전에 미술학원에 나오는 애들은 점심을 밖에서 먹지 않는다. 단 몇 분이라도 연습을 더 하려고 배달한 도시락을 학원에서 먹는다. 오전 수업을 끝내고 점심을 먹으러 나오니 마침 나혜도 아르바이트 선생님과 같이 밖으로 나왔다. 예상과 달리 표정이 아주 밝았다. 표정을 보니 불길한 생각이 들었다.

'설마 아르바이트 선생님이 용기를 팍팍 주진 않았겠지?'

나혜는 아르바이트 선생님과 수다를 떨며 나왔다. 평소 까불거리는 모습 그대로였다.

"잘… 배웠어?"

나는 나혜 눈치를 살피며 물었다.

"응, 재미있었어."

나혜는 아르바이트 선생님에게 꾸벅 절을 하더니 현관 쪽 미닫이문을 열었다.

"가려고?"

"응, 점심은 집에 가서 먹어야지."

나혜는 콧노래까지 흥얼거리며 신발을 신었다.

"언니, 고마워."

듣고 싶지 않은 말이었다. 특히 이런 상황에서는…….

신발을 신고 현관 좌우에 걸린 그림을 쓰윽 훑어본 나혜는 내 가슴이 무너지는 말을 남기고 미술학원을 빠져 나갔다.

"나도 연습하면 이 정도 그림은 금방 그릴 수 있을 거야. 힘내자, 김나혜!"

'힘내자, 김나혜'라니…….

너는 힘을 내면 안 돼! 좌절하고 포기를 선언해야 한단 말이야.

나혜가 사라지고 나는 입술을 지그시 깨물었다. 아무래도 아르바이트 선생님이 실수한 듯했다. 도대체 무슨 일을 벌였단 말인가? 나는 딱

떡볶이를 두고, 밥정식을 먹다

딱하게 굳은 채 아르바이트 선생님을 찾았다. 점심 도시락을 준비하는 아르바이트 선생님에게 다가가 버릇없이 물었다. 기분이 나빠서 예의를 차리지도 않았다.

"선생님, 나혜와 무슨 일이 있었어요?"

아르바이트 선생님은 점심 먹을 준비를 하면서 얼굴만 내 쪽으로 살짝 돌렸다.

"별일 없었는데……."

"그런데 왜 저렇게 기분이 좋아져서 갔죠? 제가 원장님께 분명히 ……."

나는 말꼬리를 흐리며 불쾌한 기분을 있는 그대로 드러냈다.

"나도 알아. 그래서 그냥 지루한 선긋기만 계속 시켰어. 그리고 미술을 하는 게 얼마나 힘든지도 말했고. 잘하는 사람이 너무 많아서 솔직히 내 앞날도 걱정스럽다는 말도 했고."

지루한 선 긋기만 하고, 절망스러운 말만 들었는데 어떻게 들어갈 때와 180도 다른 기분이 되어 나올 수 있단 말인가? 나는 아르바이트 선생 말을 곧이곧대로 믿을 수 없었다.

"정말 다른 일은 없었어요?"

"응! 다양하게 선긋기를 하거나 명암 넣는 법을 배우면 혹시라도 재미를 느낄까 봐 그것도 안 했어."

"그런데 어떻게 저렇게 기분이 좋아지죠?"

나는 도저히 아르바이트 선생님이 하는 말을 신뢰할 수 없었다.

"나도 모르겠어. 처음에 선긋기를 시키고, 내 말을 들을 때까지는 얼굴빛이 어두웠는데, 선 긋기를 하면서 점점 얼굴빛이 바뀌긴 했어."

아르바이트 선생님 얼굴이나 말투를 보니 거짓말 같지는 않았다. 그래도 의구심이 사라지진 않았다.

"못 믿겠으면 내가 보여 줄게."

아르바이트 선생님은 나혜와 있던 방에서 종이 한 뭉치를 들고 나왔다.

"이거 봐. 이게 전부 네 동생이 오전 내내 한 거야."

나는 선생님이 내민 종이 뭉치를 받아 들고 한 장씩 넘겼다. 처음부터 끝까지 지루한 선 긋기밖에 없었다. 혹시라도 소묘 기본으로 배우는 명암 넣기나, 입체 도형을 그린 종이가 한 장이라도 있는지 꼼꼼하게 살폈지만 전혀 없었다. 내가 미술학원에 처음 온 날 선생님은 곧바로 원기둥에 명암 넣는 법을 가르쳐 주고 해 보라고 시켰다. 소실점을 잡고 원근법을 묘사하는 방법도 첫 날 바로 배웠고, 많이 배우지 않았음에도 제법 잘 그려서 칭찬도 받았다.

그런데 나혜는 그냥 선긋기만 했다. 아르바이트 선생님이 일부러 지루함을 느끼라고 시킨 모양이었다. 지루하고 단순한 선긋기를 하고, 별로 좋지 않은 이야기를 잔뜩 들었는데, 얼굴이 환하게 밝아지다니 알 수 없는 노릇이었다. 나혜는 지루한 선긋기를 하면서 미술을 하는 재미를 느끼고, 잘할 수 있다는 자신감까지 생긴 모양이었다. 어처구니없고 말도 안 되는 상황이었다.

처음에는 잘 풀렸는데, 완벽하게 함정에 가뒀는데, 모두가 내 편이었는데, 도대체 왜 엉뚱한 결과가 빚어진 걸까? 설마 단순한 선긋기가 고집스럽게 파고드는 됨됨이를 자극한 것일까? 복잡하게 생각할 줄 모르는 나혜가 단순함이 주는 매력에 빠져 버렸을까? 어림은 해 보지만 확신할 수는 없었다.

도시락을 먹는데 속이 답답했다. 도대체 왜 이렇게 하는 일마다 꼬일까? 왜 내 뜻대로 되는 일은 하나도 없을까? 좋은 걸 넣으면 좋은 게 나오고, 나쁜 걸 넣으면 나쁜 게 나와야 하는 게 아닐까? 좋은 걸 넣든 나쁜 걸 넣든 나쁜 결과만 나오다니, 왜 이럴까?

그때 뜬금없이 학교 수학 선생님이 함수가 무엇인지 설명해 준 말이 떠올랐다.

"여기 상자가 있어. 이 상자에는 뭐든 넣으면 결과물이 나와. 고기를 넣으면 맛있다는 감탄이 나오고, 사랑을 넣으면 행복이 나오고, 농담을 넣으면 웃음이 나오고, 꽃을 넣으면 예쁘다는 말이 나오고, 아기 사진을 보면 귀엽다는 말이 나오고, 밥을 먹으면 똥이 나오지."

함수를 설명하는데 밥과 똥이라니, 다시 생각해도 웃기다.

"자극을 하면 반응이 나오고, 원인이 있으면 결과가 나와. 이 상자가 바로 함수야. 여기서 중요한 규칙이 있어. 이 상자에 x를 넣으면 나오는 y값은 하나여야 해. x를 넣었는데 y값이 두 개 이상이면 함수가 아니야. 만약 사랑을 넣었는데 어쩔 때는 행복이 나오고, 어쩔 때는 미움이 나온다면 그건 함수가 아니야. 그러니까 인생은 함수일 때도 있고,

함수가 아닐 때도 있어."

그 수학 선생님이 지금 내 앞에 계시다면 여쭤보고 싶었다.

선생님, 한 가지 값을 넣었는데 두 가지 결과값이 나오면 함수가 아니라고 했죠? 그렇다면 그 어떤 값을 넣어도 한 가지 값만 나오는 것은 함수인가요, 아닌가요? 요즘 제 인생이 딱 그렇거든요. 무슨 수를 써도 늘 결과가 나쁘게만 나와요. 어떻게 좀 해 주세요.

도시락을 먹다 말고 가슴을 두드렸다. 속이 답답해서 더는 먹기 힘들었다. 물을 마셨다. 밥을 그만 먹고 싶었지만 그럴 수는 없었다. 긴 오후 시간을 버티려면 넉넉히 먹어 두어야 한다. 그림을 그릴 때 생각보다 체력이 많이 든다. 도시락이라는 x값은 내 몸이라는 상자를 통과해 미술작품이라는 y값으로 나온다. 든든하게 먹어야 좋은 작품을 그릴 힘이 생긴다. 이건 함수가 맞을 것이다.

내가 미술을 하면서 수학을 떠올리다니 내가 점점 미쳐가는 걸까? 아니면 내가 이미 지옥으로 끌려가 버린 걸까? 젓가락이 등호(=)처럼 보이는 순간, 더는 도시락을 먹을 수 없었다. 나는 등호를 내려놓고 찬물을 들이켰다.

오후에는 새로 온 아르바이트 선생님에게 지도를 받았다. 나혜 때문에 첫인상이 좋지 않았지만, 꼼꼼하고 상냥해서 마음에 들었다. 내 모자란 점을 정확히 짚어 주고, 내가 어떤 면을 개선해야 하는지도 제대로 알려 주었다. 딱 하루였는데도 내 실력이 나아지는 느낌이 들었다. 좋은 선생님을 만나 기뻤지만, 그렇다고 나혜 때문에 생긴 우울함을 없애지는 못했다.

미술학원이 끝나고 집에 오니 엄마가 팔짱을 끼고 나를 노려봤다.

"너, 도대체 미술학원에서 나혜에게 어떻게 한 거야? 기를 죽여 놓는다며?"

엄마는 짜증을 냈고, 나는 기가 죽어 한숨만 내쉬었다.

"저거 봐. 돌아와서 오후 내내 선긋기만 했어. 저 쌓여 있는 종이 보이니?"

열린 방문 사이로 수북하게 쌓인 종이가 보였다. 나혜는 밖에 나갔는지 보이지 않았다.

"저게 지금 미술을 포기할 애가 한 짓으로 보이니? 고집쟁이 의욕에 불이 붙었으니, 어떻게 할 거야?"

어떻게 할 거냐는 말은 내가 엄마에게 하고 싶었다. 그만 나를 괴롭히고 스마트폰을 사 주시면 안 될까요? 물론 나혜 못지않은 고집쟁이인 엄마가 내 요구를 들어줄 리는 없었다. 나야말로 진퇴양난이었다.

나혜가 미술을 제대로 하겠다고 의욕을 불태운다면, 방법은 하나밖에 없었다. 불가능하겠지만 수학을 다시 공부하게 만들어야 한다. 수학을 다시 공부하게 하려면 잘하게 하거나, 좋아하게 만들어야 하는데, 좋아하게 만드는 수는 없으므로 잘하게 해야 한다. 문제는 그게 거의 불가능에 가깝다는 사실이다. 진퇴양난이었다. 억울했다. 두 고집쟁이 사이에서 왜 내가 피해를 입어야 하는지 모르겠다. 설움이 복받쳤다.

저녁에 영어학원을 마치고 돌아오니 나혜가 밝게 웃으며 내 속을 아주 해맑게 긁었다.

"언니, 오늘 만난 미술 선생님, 정말 좋아! 나 꼭 그 선생님께 배울래."

웃는 얼굴을 손톱으로 긁어 버리고 싶었다.

[05]
카페라테와 레몬에이드의 교집합

하루 내내 미술학원에서 그림만 그리면서 보내는 게 만만한 일은 아니었다. 하루 내내 의자에 앉아 구상하고, 그리고, 고치고, 덧칠하기를 거듭했다. 옷은 물감으로 얼룩덜룩하고 물감이 화장품을 대신해 얼굴을 장식했다. 몇 시간씩 같은 자세로 한쪽 팔을 계속 쓰고 나면 팔목이 저리고 어깨가 쑤시기도 했다. 삶에 조금이라도 여유가 있다면 괜찮을 텐데 영어학원 때문에 쉬지를 못하니 몸이 지칠 수밖에 없었다.

미술학원은 꿈을 위해 내가 한 선택이기에 견딜 만했다. 그 반면에 영어학원은 어쩔 수 없이 주어진 짐이었기에 몹시 힘들었다. 월요일부터 금요일까지, 저녁 시간을 꽉 채워서 영어 수업을 하니 부담감이 컸다. 어려운 문법과 독해 수업을 따라가기도 벅찬데 날마다 50개 단어를 외우고 시험을 보니 고통스러웠다. 지옥에서 영어 단어 시험을 보는 악몽까지 꾸었는데, 그러다 영어마저 수학처럼 되는 게 아닌지 걱정스러웠다. 미술을 하기에 수학은 포기해도 되지만 영어는 포기해서는 안 된다. 어쩔 수 없이 해야 하는 영어 공부가 지옥이 되어 버리면 대학입시까지 남은 시간을 감당할 자신이 없었다.

암기할 시간이라도 넉넉하면 괜찮겠는데 나에게는 50개 단어를 외울 만한 시간이 모자랐다. 영어학원을 마치고 돌아오면 복습하고, 문제풀이 숙제를 해야 한다. 나는 복습을 안 하면 바로 까먹기 때문에 복습을 안 할 수가 없다. 따로 영어 공부할 시간이 없기 때문에 무조건 그 시간에는 해야 했다. 그러니 밤에 영어 단어를 외울 시간이 없었다. 영어 단어를 외울 수 있는 시간은 아침밖에 없었다. 나는 단어 50개를 외우는 데 한 시간도 모자라다. 두 시간을 외워야 겨우 외우는데 그렇게 외워도 저녁에 영어학원 갈 시간이 되면 가물가물 했다. 짜증나는 점은 나혜는 저녁 먹고 10분 남짓 들여다보고는 바로 외워 버린다는 사실이다. 나혜는 공부를 그리 잘하는 편이 아닌데 희한하게도 영어 단어만큼은 아주 잘 외운다. 특히 단기기억이 아주 뛰어나다. 밥 먹고 학원에 가기 전에 잠깐 펼쳐만 보는데 단어 시험을 보면 거의 다 맞는다. 비법이 궁금해서 여러 차례 캐물었는데 그때마다 나혜는 '그냥 몇 번 보면 기억이 난다'고 해서 내 속을 더 긁어 놓았다.

이처럼 정신없이 바쁘고 힘겨운 상황에서도 나는 저녁 먹기 전에 나혜를 붙잡고 수학을 가르치려고 애썼다. 영어 단어 외울 시간도 모자란데, 밤에 잠까지 줄여 가며 수학 공부를 했다. 미술학원에서는 어떡하든 과제를 빨리 끝내서 30분 정도 시간을 만들어 냈다. 저녁 먹기 30분 전에 죽을 힘을 다해 나혜에게 수학을 가르쳤다. 이처럼 마른 걸레를 쥐어짜듯 애를 썼지만 안타깝게도 효과는 없었다.

내가 아무리 애를 쓰며 가르쳐도 나혜는 방긋방긋 웃기만 할 뿐 수학에 흥미를 보일 기미조차 보이지 않았다. 어떨 때는 은근히 내 처지를 비꼬면서 이 상황을 즐기는 분위기마저 풍겼다. 미술학원에 다녀오면서 미술을 하겠다는 고집에 불이 붙어 버린 상황에서 방법은 수학 공부를 다시 하게 만드는 길밖에 없는데, 그마저도 가능성이 보이지 않았다. 수학 감옥에 갇혀 지냈던 2년여 전 생활로 되돌아간 느낌이었다. 하루하루가 괴롭고, 아침에 눈을 뜨기 싫었다.

나는 이렇게 괴로운데 나혜는 다른 사람들 눈길에는 아랑곳 않고 선긋기에만 몰두했다. 미술학원을 마치고 집에 와서 나혜 방을 볼 때마다 어마어마하게 쌓인 종이에 놀라움을 금치 못했다. 빽빽한 선들로 가득한 종이가 수북했는데, 하루 내내 선긋기를 한 것처럼 보였다. 어마어마한 집착이요 집중력이었다. 만약 이 정도 연습이 쌓이고 쌓이면 없는 재능도 생길 듯했다. 삐뚤삐뚤하던 선들은 곧고 바라졌다. 굵기와 간격을 조절해 명암을 자연스럽게 표현하기도 했다. 미술 선생님이 보았다면 깜짝 놀랄만한 수준이었다. 선긋기를 하다 가끔씩 그린 그림은 여전히 졸라맨 수준에서 벗어나지 못했지만, 미술학원에 다니며 기초를 탄탄히 다지면 아주 빠른 시간 안에 무시할 수 없는 수준에 이를 듯했다.

나혜가 얼마나 발전했는지 엄마에게 말씀 드릴까? 잠깐 이런 생각도 했다가 뒤로 밀쳐 버렸다. 엄마가 무슨 말을 할지 뻔하기 때문이다.

다른 생각 말고 공부나 해!

하고 싶은 마음은 잠깐이고, 시간이 지나면 변해!

아마 이렇게 말하고 내 말을 들어주지 않을 것이다. 언뜻 생각하면 딸이 하고 싶은 일도 못 하게 하는 우리 엄마가 못돼 보이겠지만, 사연을 알고 나면 엄마를 이해할 만하다.

나혜는 모두가 놀랄 만큼 몰두하다가도 언제 그랬냐는 듯이 관둬 버린 적이 몇 번 있었다. 운동을 하고 싶다고 해서 각종 운동기구와 옷을 잔뜩 사 줬는데 몇 번 하지도 않고 관두기도 했고, 음악을 배우고 싶다고 해서 비싸게 악기를 사 줬는데, 악기를 사 준 바로 그날 그만두기도 했다. 그런 일을 여러 차례 겪었기에 엄마는 나혜가 웬만큼 하고 싶다고 해도 의심부터 한다.

또한 이번 일은 엄마로서 자존심이 걸린 문제이기도 하다. 엄마 고집은 상상 이상이다. 나혜 고집은 모두 엄마에게서 왔다. 나혜가 고집을 피워서 몇 번 곤혹스러운 일을 겪은 뒤로 엄마는 그 어떤 경우에도 나혜 고집을 받아 주지 않았다. 나중에 나혜가 원하는 대로 해 주더라도 일단 나혜 고집을 꺾은 뒤에 원하는 걸 들어주었다. 마지못해 받아 주면 고집이 더 강해지고, 나중에 더 심한 일을 겪는다는 걸 알기에 엄마는 절대 먼저 양보할 생각이 없었다.

두 고집쟁이 사이에 끼어서 이러지도 저러지도 못한 채 피곤만 층층이 쌓여 갔다.

　'가혜 수학해방일' 2주년을 12일 앞둔 날, 마침내 쌓이고 눌린 피로와 괴로움이 터지고 말았다. 목요일이었는데 저녁을 먹고 영어학원에 가자마자 연지에게 스마트폰을 빌려 달라고 부탁했다. 현준이와 연락할 수 있는 유일한 시간이고 통로였기에 급하게 부탁을 했는데, 연지는 스마트폰을 꼭 쥐고 넘겨주지 않았다.

　"미안! 지금은 곤란해. 한참 웃긴 상황이어서……."

　마음은 급했지만 뭐가 그리 웃긴지 궁금해서 연지에게 바짝 다가갔다.

　"뭔데, 뭐야? 뭐가 그렇게 재밌어?"

　한동안 웃음과 등을 진 채 지낸 탓에 웃을 거리가 있다고 하니 나도 모르게 확 끌렸다. 문자가 온 소리에 저절로 이끌리는 손처럼 연지가 지어낸 웃음에 내 눈길이 움직였다.

　"규리잖아! 크크크, 이게 뭐야!"

　평소에도 웃긴 표정을 잘 짓는 규리가 아주 우스꽝스러운 표정으로 찍은 사진이었다.

　"규리뿐 아니야. 다른 애들도 있어."

　연지는 사진을 여러 장 보여 주었다.

　혜진이, 현민이, 주현이, 규리, 그리고 연지 얼굴이 찍힌 사진이 수십 장이었다. 모두 이상하게 얼굴을 일그러뜨린 굴욕 사진들이었다.

"크크크, 다들 정말 웃기네."

"가장 웃긴 일등한테 밥 사 주기로 했는데, 너도 해 볼래?"

다른 애들 눈도 있는데 얼굴을 일그러뜨린 채 사진을 찍고 싶지는 않았다. 그렇지만 나 없는 단톡방에서 벌어지는 일에 나도 끼고 싶었다. 나는 연지 스마트폰을 살짝 치켜들고 눈동자와 코와 입을 최대한 가운데로 모아서 사진을 찍었다. 내가 봐도 내 사진은 별로 웃기지 않았다.

"에이, 별로다."

내가 투덜거렸다.

"아냐! 괜찮은데 뭘."

연지는 내 사진을 곧바로 단톡방에 올리고는 설명을 달았다.

💬 가혜 동참!

곧바로 다른 애들 글이 따라 올라왔다.

💬 와~ 가~~~~아~~~~~ 혜~~.

💬 해외라도 갔다 온 줄~.

💬 손바닥으로 눈코입 가려도 될 듯~ 얼굴 작은 거 자랑질?

💬 귀여운데~~~ 안 웃겨. @.^

친구들이 올리는 문자를 보며 모처럼 웃었다. 조금 뒤 현민이가 긴 머리를 늘어뜨리고 귀신처럼 보이는 사진을 올렸다. 곧이어 혜진이,

주현이, 규리 사진이 번갈아 올라왔고, 연지도 잽싸게 사진을 찍어서 올렸다. 애들은 다 즐거워 보였다. 오직 나만 다 함께 즐기는 놀이에 끼지 못하고, 구경꾼으로만 머물러 있었다. 웃음이 빠르게 사라졌다. 웃긴 사진을 봐도 즐겁지 않았다. 소외감이 밀려들었다. 나는 아무 말도 않고 내 자리로 돌아와 앉았다. 교실에 있는 애들은 거의 다 스마트폰을 들여다보고 있었다. 텅 빈 손처럼 마음도 텅 빈 듯했다.

첫 수업 시간이 끝나고 나는 다시 연지 자리에 가서 스마트폰을 빌렸다. 현준이에게 연락하기 위해서였다. 현준이와 연락을 하는 유일한 시간이 바로 이때였다. 현준이도 학원에 다니기에 문자를 길게 주고받을 수는 없었다. 소통할 기회가 짧으니 그만큼 애타고 절실했다. 단 한 낱말이라도 더 나누려고 애를 썼다.

　　🗨 [나는 가혜] 잘 지내?

답이 없었다. 곧바로 답을 할 수 없는 상황이 많기에 굳이 답을 기다리지는 않았다.

　　🗨 보고 싶어. 음....

잠시 망설이다 결심을 굳혔다.

　　🗨 이번 주 토요일이나 일요일에 만날래?

　　🗨 이번 주는 시간 많아. 아무 때나 괜찮아.

주머니 사정을 잠깐 점검했다. 넉넉지는 않지만 같이 놀만한 돈은 있었다.

💬 내가 한턱 쏠게.

아무 대답이 없었다. 쉬는 시간이 끝나고 나는 연지에게 스마트폰을 돌려주고 내 자리로 돌아왔다. 둘째 수업이 끝나고 다시 연지 자리로 갔다. 연지가 연락이 왔다며 스마트폰을 건네주었다. 연지는 내가 현준이와 나눈 대화를 다 볼 수 있음에도 들여다보지 않는다.

패턴을 풀고 문자를 확인하다 눈물이 날 뻔했다.

💬 나 내일부터 가족 휴가 가.

💬 다음 주 수요일까지.

💬 답답해!!!

💬 눈치 보며 문자하기도 지겹고.

💬 만나지도 못하는데, 문자도 못하고.

💬 잘 지내기는 하지?

애써 딴 생각을 했다. 괜찮아, 괜찮아! 괜찮을 거야! 스마트폰을 연지에게 돌려주는데 눈이 젖어 들었다. 이 우울하고 슬픈 감정을 연지에게 들키고 싶지 않았다. 같은 교실에 있는 낯선 애들에게도 들키고 싶지 않았다. 나는 얼른 화장실로 가서 문을 닫아걸고 흐르는 눈물을 닦아 냈다. 닦고 또 닦아도 눈물이 멈추지 않았다. 입술을 세차게 깨물고 숨을 깊이 들이마셨다.

괜찮을 거야!

다 괜찮을 거야!

스스로 괜찮지 않으리라는 걸 알았지만 내 불안을 스스로 속이며 나를 달랬다. 겨우 눈물을 삼키고 얼굴을 푹 숙인 채 강의실로 돌아왔다. 연지 눈길을 느꼈지만 애써 모른 척했다. 수업이 끝나고 연지가 걱정스럽게 물었다.

"괜찮아. 아무 일 아니야. 나 오늘은 그냥 혼자 가고 싶어. 미안해."

나혜 얼굴도 쳐다보기 싫었다. 나혜를 따돌리고 먼 길을 돌아서 걸었다.

현준이와 이대로 끝나는 걸까? 제대로 사귀지도 못하고 이대로…….

생각해 보니 현준이만 문제가 아니었다. 달달하게 피어오르던 내 감정도 조금씩, 나도 모르게 식어가고 있었다. 꼭 스마트폰이 아니더라도 바쁜 내 처지에 연애는 가당치 않게 느껴졌다. 절망과 원망과 좌절이 뒤엉켜 또다시 슬픔으로 찾아왔다. 그 많던 기쁨은 어디로 가 버렸을까? 어떻게 단 한 움큼도 남기지 않고 모조리 빠져나가 버릴 수가 있지? 모모에 나온 회색신사가 내 기쁨을 모조리 훔쳐가 버린 걸까? 다시 옛날처럼 계속 우울하게 살아야 하는 걸까?

그렇지는 않을 거야. 그래, 그러면 안 돼!

슬픔이 내 전체를 집어삼키려는 걸 겨우 막으며 승강기에 올랐다. 승강기 안에서 숨을 깊이 들이 마시고 내뱉기를 거듭했다. 승강기 거울에 비친 얼굴이 조금씩 평상시로 돌아왔다. 피곤한 기색이 역력한 얼굴에게 어색한 웃음으로 위로를 전하고 승강기에서 내렸다.

현관문 앞에 섰는데 안에서 큰 소리가 들렸다.

"그러려면 다 그만둬!"

엄마가 내지른 소리였다.

"안 그래도 다 그만둘 거야!"

나혜가 맞고함을 질렀고, 곧이어 문이 쾅 닫히는 소리가 들렸다.

들어가기 싫었지만 현관문 밖에서 버티기에는 내 체력도 감정도 바닥이었다. 비밀번호를 누르고 현관문을 열었다. 신발을 벗고 어깨를 축 늘어뜨린 채 최대한 피곤한 얼굴빛을 하며 들어가는데 엄마가 팔짱을 끼고 잔뜩 짜증난 얼굴로 나를 맞이했다.

아무 소리 안하고 내 방으로 들어가려는데 엄마가 버럭 소리를 질렀다.

"너는 돌아오면 돌아왔다고 인사도 안 하니? 그게 무슨 버릇이야?"

대꾸하기 싫었다. 이런 상황에서는 피하는 게 상책이었다.

"죄송해요. 피곤해서……. 다녀왔……."

엄마는 '다녀왔습니다'를 중간에 싹둑 잘라 버렸다.

"넌! 동생이 되지도 않는 미술을 하겠다는데, 그것 하나 설득 못하니? 미술학원 데려가서 포기하게 한다며? 어떻게 된 게 더 열을 내서 하게 만들어? 엄마가 부탁을 했으면 나아지게는 못할망정 망치지는 말아야지? 이게 뭐니? 도대체!"

그 순간 꾹꾹 눌러 두었던 답답함과 피곤함이 짜증이 되어 폭발했다.

"엄마! 그만 좀 해! 그게 왜 내 책임이야? 나 힘든 거 몰라? 하루 내내 그림 그리고, 저녁이면 영어학원 가고, 돌아와서 숙제하고, 주말에도 제대로 쉬지 못해."

내가 그렇게 엄마에게 대든 건 처음이라 엄마는 당황했는지 처음에는 아무 대꾸도 못했다.

"나혜가 수학을 포기하고 미술 하겠다는데 그걸 왜 내가 돌려놔야 해? 내가 무슨 죄냐고? 내가 미술을 한 게 죄야? 그럼 내가 미술 그만두면 내가 책임 안 져도 되는 거야? 나한테 왜 그래?"

갑자기 억울함이 치밀어 오르면서 눈물이 나려고 했다. 온 힘을 다해 눈물을 눌렀다. 이럴 때 울면 더 비참해진다.

"힘들어서 그림에 집중도 잘 못하겠어. 늘 잘했다고 칭찬하고 격려해 주시던 미술 선생님한테 처음으로 꾸중도 들었어. 2년 만에 처음으로 꾸중을 들었다고! 나 좀 놔줘. 나 좀 내버려두란 말이야! 나혜는 엄마 딸이니까 엄마가 책임져! 나한테 떠넘기지 말고. 제발!"

엄마는 내 하소연을 묵묵히 들었다. 처음에는 당황하더니 점점 냉정한 얼굴빛으로 되돌아갔다.

"엄마도 너한테만 떠넘긴 채 손 놓고 있지 않아. 그리고 너는 언니야. 동생에 대한 책임감이 있어야지. 어차피 고등학생이 되면 너한테 이런 거 부탁도 안 해. 힘들어 보이는데 쉬어. 오늘은 이만 하자."

나는 방문을 닫고 들어가자마자 침대에 쓰러져 이불을 뒤집어썼다.

서러움과 억울함에 복받쳐 한참을 울었다. 그렇지만 소리는 절대 안 냈다. 동생한테도 엄마한테도 울음소리를 들키고 싶지 않았다. 아무에게도 내 울음소리가 들리게 하고 싶지 않았다. 하염없이 울고 싶었지만 그럴 수는 없었다. 영어학원에서 배운 내용을 복습해야 하고, 숙제도 해야 한다. 금요일에는 영어학원에서 시험도 보기에 공부를 할 수밖에 없었다. 실컷 울지도 못하고 공부를 붙잡고 있는 내 처지가 서러웠지만, 그 서러움에 빠져들 수는 없었다.

'가혜 수학해방일' 2주년을 11일 앞둔 날 아침, 집안 공기는 얼음처럼 차가웠다. 나혜는 미술학원을 보내 달라고 떼를 쓰고 농성에 들어갔다. 방문 앞에 미술학원 보내 달라고 큰 글씨로 써 놓았고, 아침도 먹지 않았다. 엄마는 엄마대로 화가 나서 굶고 싶으면 굶으라고 소리를 질렀다. 이럴 때 아빠가 있으면 아빠가 어떻게든 나서서 갈등을 풀어 줄 텐데, 아빠가 없으니 해결할 사람이 없었다. 아빠가 해외출장에서 돌아오려면 며칠은 더 기다려야 했다.

삭막한 분위기에 짓눌려 아침도 겨우 먹었다. 미술학원에서 어떻게 하루를 보냈는지 기억이 안 난다. 손은 기계처럼 움직이고, 눈은 초점 안 맞은 카메라처럼 흐리고, 고장난 라디오처럼 귀는 아무 소리도 듣지 못했다. 점심때 무엇을 먹었는지, 오후 실습 때 무엇을 했는지도 모르겠다. 어쨌든 30분 시간을 만들어 내려고 서둘러서 대충 과제를 마무리하고 짐을 챙기는데, 아르바이트 선생님이 나를 따로 불렀다.

아르바이트 선생님 이름은 정민영이고, 미술대학생인데 나이가 여느 대학생보다 몇 살은 더 많다. 며칠 수업을 했는데 나혜가 좋아할 만했다. 다정하고, 핵심을 정확히 짚어서 가르쳤다. 힘겨운 날들 가운데 그나마 힘을 받게 해 주는 선생님이었다.

"잠깐 나랑 얘기 좀 할래?"

벽에 걸린 시계를 보니 지금 뛰어가도 저녁 먹기 전 30분을 만들어 내기가 빠듯할 듯했다.

"죄송해요. 지금 가야 해서……."

"그래? 그럼 혹시 내일은 올 수 있어? 따로 얘기 좀 하게."

잠깐 망설였다. 거절할까 하다가 내 처지를 떠올리고 생각을 바꾸었다. 토요일 오후에 친구들과 만나기도 귀찮았다. 현준이와 지낼 수도 없었다. 그렇다고 집에서 머물기도 싫었다.

"내일 3시에 올게요."

"내일! 길게 이야기 나눌 시간은 있지?"

"네. 시간이 비어서 빈 깡통 소리가 날 지경이에요."

"하하, 재미있는 표현이네. 내가 그 빈 깡통 채워 줄게. 내일 보자."

두툼한 입술이 함빡 웃음을 머금으며 날 보내 주었다.

저녁 먹기 전 30분을 남기고 집에 왔지만 내가 할 수 있는 일은 없었다. 나혜는 방문을 꼭 걸어 잠그고 영어학원에도 가지 않겠다고 버텼다. 엄마는 굶을 테면 굶어 보라며 저녁도 차리지 않았다. 엄마는 밖에서 저녁을 사 먹으라며 돈을 쥐어 주었고, 나는 그나마 다행이다 싶어 엄마가 주는 돈을 받고 재빨리 나왔다. 영어학원에서도 꿀꿀함은 이어졌다. 시험 점수는 기대 이하였고, 나는 선생님께 심한 꾸지람을 들어야 했다. 한밤중에도 팽팽한 긴장감은 그대로였다.

방에 혼자 앉아 그림을 그리고, 영어 숙제를 하는데 '빈 깡통을 채워 줄게' 하며 웃던 함빡 웃음이 머릿속에서 떠나지 않았다. 유난히 빨갛고 도톰한 입술에 한 가득 걸린 웃음이 지친 내 마음을 살포시 위로해 주었다.

'가혜 수학해방일' 2주년을 10일 앞둔 날, 토요일이었다. 나혜는 화장실 갈 때만 빼고는 자기 방에서 나오지 않았고, 식탁 위에는 음식이 차려질 기미가 보이지 않았다. 귀찮아서 나도 아무것도 안 먹고 책만 읽었다. 책을 다 읽고 숙제를 마무리하니 점심시간이었다. 배가 고팠지만 눈치가 보여서 밥 달라는 소리도 못하고 우물쭈물 하는데 엄마가 점심을 사 먹으라며 돈을 주었다. 분식집에서 라면을 먹고 독서학원으로 갔다. 독서학원 수업이 끝난 뒤 곧바로 미술학원에 들렀다.

때마침 정민영 선생님이 강의실에서 나왔다.

"가혜 왔구나!"

"안녕하세요."

"조금만 기다릴래? 나 이제 막 수업이 끝났거든."

조금 뒤 옷을 갈아입고 정민영 선생님이 나왔고, 나는 별 생각 없이 상담실로 들어가려고 했다.

"분위기 없게 무슨 상담실이니? 카페로 가자."

정민영 선생님은 내 팔짱을 끼더니 밖으로 이끌었다. 우리는 작은 공원 옆에 다소곳하게 자리 잡은 카페로 들어갔다. 꽃무늬 앞치마를 입은 카페 주인이 시원한 웃음으로 우리를 맞이했다. 정민영 선생님은 카페 주인과 잘 아는 사이 같았다.

"언니, 오늘은 진하고 따뜻한 카페라테 한 잔!"

"웬일로 카페라테야?"

"토요일 오후잖아. 딱 어울려."

토요일 오후와 카페라테가 어떻게 어울리는지는 모르겠지만, 정민영 선생님은 아주 당연하다는 듯이 말했다. 그 당당함과 엉뚱함이 부러웠다.

"너는 뭐 마실래?"

토요일 오후와 이 카페와 내 기분이 맞는 음료가 무엇일지 고민했지만 딱히 떠오르지는 않았다. 그러다 정민영 선생님 입술이 눈에 들어왔다. 강렬한 빨간 빛에 어울리는 원색을 쓰고 싶었다.

"블루레몬에이드 주세요."

푸른 빛깔과 빨간 입술은 둘 다 지나치게 강렬해서 어울리지 않아 보였지만, 그 어울리지 않음이 끌렸다. 뜨거운 오후를 견뎌내는 초록빛 공원을 곁들이면 삼원색이다. 유치한 조합이었지만 그 유치함이 마음에 들었다.

"토요일 오후에 마시는 푸른빛, 감각이 있네. 언니, 블루레몬에이드는 아주 진하게 해 줘. 푸른빛은 진해야 어울려."

에어컨 바람보다 목소리가 더 시원했다.

"진해도 괜찮지?"

정민영 선생님이 내 팔뚝을 툭 쳤다.

"그럼요. 선생님!"

붉은 웃음이 나에게도 전해졌는지, 나도 웃음을 머금었다.

"선생님이 뭐니, 선생님이! 그냥 언니라고 불러."

"아, 네, 언~~ 니."

언니라는 말을 내뱉기가 쉽지 않았다. 요즘 들어 나혜 입을 통해 자주 듣는 낱말인데, 들을 때마다 불쾌했다. 옛날부터 가혜는 속을 감추고 자기 욕심을 채우려 할 때나, 엄마에게 내 탓을 할 때 쓰는 낱말이 바로 '언니'였다. 못된 속셈을 채울 때나 쓰는 '언니'라는 낱말을 친근함을 드러내는 데 써야 하다니 나로서는 무척 어색한 도전이었다.

"너 요즘 무슨 심각한 일 있지?"

민영 언니가 물었다.

있는 그대로 말할지, 대충 꾸며서 말할지 잠깐 고민하다, 터놓고 말하기로 했다. 빵빵하게 부풀어 오른 풍선 같은 긴장감을 덜어 내고 싶었다. 연지에게도 차마 다 드러내지 못한 속내를 민영 언니에게 모두 털어놓았다. 수학, 스마트폰, 동생, 엄마, 미술과 얽힌 일뿐 아니라 현준이와 멀어지고, 친구들에게 느끼는 소외감까지 모두 이야기했다. 이야기를 하는 내내 블루레몬에이드는 한 모금도 마시지 않았다. 이야기

떡볶이를 두고, 밥정식을 먹다

를 끝내고 나니 얼음이 꽤나 많이 녹아서 푸른 레몬에이드가 연한 하늘빛 레몬에이드로 바뀌어 있었다.

"수학이 원수네."

빨간 입술을 보며 하늘빛 레몬에이드를 한 모금 마셨다.

"나도 수학 때문에 이런저런 일을 많이 겪었는데……."

민영 언니는 카페라테 잔을 한 바퀴 돌렸다.

"내가 다른 대학생들보다 나이가 좀 많아. 왜 그런지 아니?"

레몬에이드에 입을 대고 있어서 눈으로만 궁금증을 표현했다.

"나는 미술대에 들어가기 전에 수학과에 다녔어. 수학과에 들어갔는데 갑자기 미술이 하고 싶어진 거야. 부모님과 심하게 다투었는데, 수학과를 졸업하고 난 뒤에 미술대에 다시 가라고 해서 그렇게 했어. 수학과에 다니면서 미술학원 다녔고, 수학과를 졸업하자마자 바로 입시를 준비해서 미술대에 들어갔지. 솔직히 나는 네가 참 부러워. 어릴 때부터 미술 쪽 재능을 발견해서 꾸준히 갈고닦고 있잖아. 네가 그린 그림을 보면서 놀랄 때가 많아."

민영 언니는 다시 한 번 카페라테 잔을 빙글 돌렸다.

"수학을 잘하셨나 봐요?"

"아니, 전혀 그렇지 않아."

카페라테가 붉은 입술을 적셨다.

"초등학교 때였을 거야. 우리 동네에 인기 많은 수학학원이 있었는데, 아주 힘들게 들어갔어. 수학학원에 턱걸이로 들어가기는 했는데 실력이 모자라서 수업을 따라가기 힘들었고, 수업이 힘드니 조금 산만하게 굴었지. 그때 학원 선생님이 어떤 짓을 했는지 알아? 내 참~! 엄마한테 전화를 해서 '애가 정신에 문제가 있어 보인다'고 한 거야. 엄마는 내가 정신에 문제가 있다고 하니 깜짝 놀라서 나를 정신과에 데리고 갔어. 어린 나이에 정신과라니, 세상물정 몰랐지만 충격이 장난이 아니더라! 다행히 정신과에서는 정상이라고 판정을 받았어. 그 정도 되면 의사 소견서를 제출했을 때 학원 선생이 미안하다는 말이라도 해야 하잖아? 그런데 소견서를 받더니 정신에 문제가 없다니 당장 자르지는 않겠지만 또다시 산만하게 굴면 내보내겠다고 협박하는 거야."

"뭐 그런 학원이 다 있어요?"

"그러게 말이야. 그때 두 가지 길을 두고 고민했어. 수학학원을 그만둘까, 독하게 싸워 볼까?"

"도전했겠죠."

"그렇긴 했는데 그만둘까 하는 생각도 많이 했어. 수학이 싫었고, 수학 없는 세상에서 살고 싶었거든. 너처럼 말이야. 따지고 보면 그때 당시 나는 너와 크게 다르지 않았어. 교집합이 많은 셈이지."

민영 언니도 어릴 때 수학을 포기하려고 했다는 말을 들으니 위로가 되었고 동질감을 느꼈다. 그렇지만 교집합이란 표현이 멀게 느껴졌다. 공통점이라고 했으면 훨씬 더 친근한 느낌일 텐데, 굳이 수학 용어인 교집합이란 표현을 쓰다니…….

"아무튼 나는 아주 독하게 결심했어. 학원 선생 콧대를 꺾어 주겠노라고. 그때부터 학원 선생에 대한 복수심으로 미친 듯이 수학 공부를 했고, 마침내 으뜸 반까지 올라갔어.”

수업 시간에 조금 집중을 못한다고 ‘정신에 문제가 있다’고까지 말한 그 선생이야말로 정신에 문제가 있는 사람이 분명했다. 복수심으로 독하게 공부한 민영 언니도 보통 사람 같지는 않았다.

“황당하고 힘든 일도 많았는데, 아마 중학교 1학년 때였을 거야. 학원에서 시험을 보는데 문제가 많이 어려웠어. 시간에 맞춰 풀기에 빠듯했지만 최대한 집중해서 시간 내에 다 풀었고, 답도 다 맞았어. 아주 뿌듯했지. 그런데 나중에 학원 선생이 채점을 했는데 풀이 과정에 생략된 대목이 많다면서 모조리 그어 버렸어. 답은 100점인데 풀이 과정 때문에 빵점이라니, 황당하잖아?”

“왜 그랬대요?”

“암산이 가능한 대목은 암산으로 해 버렸거든. 시간을 아끼려면 어쩔 수 없으니까. 내가 상황을 설명했지만 선생님은 귓등으로도 듣지 않았고, 결국 일요일 하루 내내 강제 보충수업까지 받았어. 그 뒤로는 아무리 힘들어도 풀이 과정을 모조리 다 썼어. 시간이 모자라면 시간을 줄이기 위해서 필기 속도를 올리는 연습까지 했고.”

민영 언니가 카페라테 잔을 돌렸고, 나도 무심코 레몬에이드 잔을 돌렸다.

“그래도 언니는 수학을 좋아하게 됐나 봐요? 수학과에 갔으니…….”

“아니. 나는 수학을 좋아하지 않았어. 그냥 독한 마음으로 매달렸을

뿐이야.”

“그런데 수학과는 왜……?”

“자존심이 상했거든.”

“자존심이요?”

“내가 사는 집 바로 아래에 수학 천재가 살았어. 중학교 1학년 때 고등학교 3학년 과정까지 다 끝낼 정도로.”

그런 천재가 바로 아래에 살다니 생각만 해도 몸서리가 난다. 어딜 가나 엄친아가 말썽이다.

“걔는 맨날 밤늦게까지 과외를 해도 좋아한다더라, 걔는 새벽에 일어나서 혼자 문제를 푼다더라, 걔는 시험 보기 전에 문제집을 다섯 권 넘게 푼다더라, 걔는 어디 경시대회에 나가 상도 받았다더라, 걔는 벌써 선행을 다섯 번이나 했다더라……. 걔는, 걔는, 걔는…!”

민영 언니는 입술을 일그러뜨리며 불쾌함을 드러내더니, 다시 말을 이었다.

“나는 꿈도 없었고, 수학도 싫었는데, 아랫집 그 남자애를 어떻게든 이겨 보고 싶었어. 그 남자애가 중학교 2학년 때 수학 논문을 썼는데, 엄마가 침이 마르도록 부러워하는 모습을 보고 나도 수학 논문을 쓸 거라고 엄마에게 선언했지. 내가 뱉은 말은 자존심을 걸고 지키고 싶었고, 엄마도 은근히 기대를 했기에, 결국 수학 논문을 쓰려고 대학도 수학과로 갔어.”

민영 언니는 피식 웃었다. 웃을 일처럼 보이지는 않았다.

"수학에 흥미도 없고, 잘하지도 못하는데, 오기로 수학과에 가서 논문을 쓰려고 발버둥을 치니 그게 되겠니? 절망에 빠져서 지내다 아주 우연히 미술을 만났고, 내가 미술을 아주 좋아한다는 사실을 뒤늦게 깨달았어. 생각해 보니 나는 어릴 때 수학 시간에 집중을 못한 게 아니라 수학 문제집에 그림을 그리고 놀았던 거야. 심심하고 답답하면 그림을 그렸고, 머릿속에 떠오르는 대로 그림을 그리면서 즐거워했어. 그러다 정신병이란 소리를 듣고 나서는 그림을 멀리하게 된 거야. 아무튼 뒤늦게 그림에 빠져들면서 수학으로 인한 고통을 잊고, 새로운 기쁨을 즐겼어."

드디어 민영 언니 얼굴에서 불편한 기운이 모조리 사라지고 늘 보던 활력이 돌아왔다. 미술이 삶을 얼마나 바꿨는지 얼굴이 모든 걸 말해 주었다.

"그러다 놀라운 경험을 했는데, 나조차 겪고 나서 믿을 수가 없었어."

"그게 뭔데요?"

"미술 속에서 수학이 보이는 거야!"

황당했다. 황당한 말이었다.

"나도 처음에는 착각인 줄 알았는데, 아니었어. 정말 미술 안에서 수학을 만났고, 미술 속에서 만난 수학은, 너는 좀처럼 믿을 수 없겠지만, 예뻤어."

"예뻐요?"

또다시 황당했다. 수학과 예쁘다는 말은 결코 어울릴 수 없다.

"응! 그것도 무척!"

"믿기지 않아요."

"나도 처음에는 믿을 수 없었어."

"수학은 끔찍해요."

"수학은 아름다워."

"그럴 리 없어요."

"네가 어떻게 생각하든 수학은 아름다워. 나는 수학과 미술을 결합한 작품을 그리고 싶어. 아직 막연하고, 뚜렷한 길을 찾지 못했지만, 아름다운 수학을 그려내는 작업을 하는 게 내 꿈이야. 상상만 해도 멋지지 않니? 세상에서 가장 아름다운 두 분야가 하나가 된다니……."

민영 언니는 행복한 웃음을 지었지만, 나는 결코 그 웃음에 동의할 수 없었다. 미술은 아름답지만 수학은 끔찍하다. 아무도 이 명제를 바꿀 수 없다.

떡볶이를 두고, 방정식을 먹다

좌표평면 위에서 라면을 논하다

'가혜 수학해방일' 2주년을 9일 앞둔 날, 일요일이지만 빨리 일어나 나갈 준비를 했다. 민영 언니와 같이 하루를 보내기로 했기 때문이다. 나는 미술 속에 수학이 있고, 수학이 아름답다는 말에 절대 동의하지 못했고, 민영 언니는 그런 나에게 미술 속 수학과 그 수학이 지닌 아름다움을 보여 주겠다며 일요일을 같이 보내자고 했다.

"꼬인 실타래를 풀어내려면 근본 원인에서 해결책을 찾아야 해. 지금 네가 겪는 문제는 모두 수학이 원인이야. 너야 그렇지 않다고 생각할지 모르지만, 네가 수학을 끔찍하게 싫어하는 바로 그 마음이 이 모든 문제를 뒤엉키게 만든 뿌리임을 받아들여야 해. 내가 보기에 그걸 해결하지 않으면 내게 닥친 고난은 끝나지 않을 거야. 설혹 조금 풀렸다고 해도 언젠가는 또다시 너를 괴롭힐지도 몰라. 인생은 돌고 돌아.

어려운 일이 닥쳤을 때 회피하면 그때는 괜찮지만, 언젠가 비슷한 문제가 더 크게 닥치게 돼. 네가 수학을 다시 하라는 소리가 아니야. 수학을 끔찍하게 여기는 그 마음이 바뀌지 않는 한, 또다시 이와 비슷한 문제를 더 크게 겪을 거란 소리야. 믿기 싫고, 황당한 예언처럼 들리겠지만……."

민영 언니가 이렇게 강하게 말해서 일요일을 같이 보내자고 한 건 아니었다. 이런 말을 들어도 여전히 나는 수학이 아름답다는 말을 믿지 않았고, 수학에 대한 인식을 바꿔야 이 모든 고난이 끝날 거라는 말도 믿지 않았다. 그렇지만 민영 언니가 저렇게 확신에 차서 말하는 까닭은 알고 싶었다. 민영 언니와 약속을 잡으면 일요일 내내 집에서 나혜와 씨름하고, 엄마 눈치를 보면서 지내지 않아도 되겠다는 생각이 더해지면서 나는 민영 언니가 한 제안을 받아들였다.

민영 언니는 아침 일찍 우리 집 앞으로 차를 끌고 왔다. 작고 아담한 차였다. 차 문을 열었는데 지저분해서 선뜻 타지 못했다. 민영 언니 외모와 전혀 어울리지 않는 지저분함이었다.

"친구 차야. 친구가 워낙 지저분하게 타서…… 헤헤, 내가 깨끗하게 치워 주는 조건으로 빌렸어."

내가 차에 오르자 민영 언니는 거치대에 걸린 스마트폰을 눌러 내비게이션 앱을 열었다. 미술 속 수학을 보여 주겠다고 했기에 당연히 내비게이션에 미술관을 입력할 줄 알았는데 뜻밖에도 놀이공원을 입력했다.

"놀이공원에 가게요?"

"놀이공원 가기 싫어?"

"아뇨, 정말 좋아요!"

놀이공원에 간다고 하니 기분이 유쾌해졌다. 기분이 들뜨다 보니 어제까지만 해도 어색했던 '언니'라는 호칭이 쉽게 나왔고, 민영 언니와 나누는 수다도 훨씬 신나고 재미있었다. 차가 신호등 앞에 멈춰서 조금 오래 기다릴 때였다. 민영 언니가 손가락으로 신호등을 가리켰다.

"신호등과 기하학이 만났네. 보여?"

처음에는 무슨 말인지 못 알아들어서 우물쭈물했다.

"신호등을 봐. 반듯한 기둥에 가로대가 직각이잖아. 저기 보면 가로대가 아래로 쳐지지 않도록 잡아당기는 쇠줄이 있어. 기둥 − 가로대 − 쇠줄이 직각삼각형을 이루었잖아. 기하학에서 보던 직각삼각형이 바로 눈앞에 나타났는데, 신기하지 않아?"

민영 언니 말처럼 신호등에서 각종 도형이 보였다. 지긋지긋한 직각삼각형이 세 개씩이나 있었다. 큰 직각삼각형에 작은 직각삼각형이 안에 겹쳐지고, 그 안에 더 작은 직각삼각형이 겹쳐져서 곧바로 수학 문제라도 튀어나올 기세였다. 각도와 길이와 비율을 계산하라고 다그칠 듯했다. 빨리 초록불이 들어와서 차가 출발하기를 바랐지만, 빨간 신호등은 길기만 했다.

"저 건물들을 봐. 모두 도형이야. 건물은 기본이 직육면체고, 유리창은 온통 사각형! 가끔은 원기둥도 있고, 삼각형이 보이기도 해. 도로에는 평행선이 그어져 있고, 도로와 도로는 직각으로 만나. 언뜻 보면 도형이 아닌 건물과 시설들도 잘 보면 모조리 도형이야."

정말이었다. 단 한 번도 그런 눈으로 본 적이 없어서 인식을 못했는데 눈여겨보니 온갖 도형이 보였다. 나도 모르게 두 눈 사이에 힘이 들어갔다. 민영 언니는 일그러진 내 표정을 살피더니 슬쩍 웃었고, 그때 신호가 바뀌었다. 그때부터 차는 신호등에 거의 걸리지 않았다. 제법 차가 많은데도 막히지 않고 달렸다.

민영 언니는 콧노래까지 부르며 신나게 차를 몰았다. 민영 언니 옆에서 나는 묘한 기분에 시달렸다. 건물들이 모조리 도형이 되어 다가왔기 때문이다. 민영 언니 말이 맞았다. 도시는 도형들이 모인 거대한 구조체였다. 미술학원에서 숱하게 살피고 그리던 도형이 도시에 있었고, 그 도형은 수학에 나오는 도형과 똑같았다. 거부하고 싶었지만, 마냥 거부할 수도 없는 풍경이었다. 내가 온갖 도형에 둘러싸여 살다니……!!

수학이 문제집 속이 아니라 바로 내 곁에 있었다. 수학 공식과 도형이 가득한 늪에 빠져 허우적거리는 상상을 했다. 머리를 흔들어 늪을 휘저었다. 늪은 사라졌는데 이번에는 도형들이 괴물 모양이 되어 나타났다. 괴물들이 넘치는 도시, 도망 갈 곳 없는 재난, 울부짖지만 구해줄 영웅은 나타나지 않아 무기력하게 당하는 길거리 행인, 그게 바로 나였다. 도시에 머물며 수학 괴물에 둘러싸인 채 살아가야 하는 내 처지가 비참했다.

뭐라도 말을 해서 그런 비참한 기분에서 빠져나오고 싶었다. 차는 신호등에 걸리지 않고 냇물이 흐르듯 도로를 질주했다. 수학 괴물에서 벗어나기 좋은 이야기 소재였다.

"신호 운이 좋네요. 아빠는 신호 운이 나쁘다고 늘 투덜거리는데……."

신호, 운, 아빠, 투덜거림을 통해 수학에서 벗어나고 싶었다. 이것들은 수학과 아무런 관련이 없으리라 믿었다. 안타깝게도 그것은 내 착각이었다.

"운이 아니라 방정식을 잘 푼 거지."

"방정식이요?"

신호에 방정식이라니, 아무리 봐도 억지로 갖다 붙인 조합이었다.

"시간별 교통량, 도로 구조, 차량 흐름 등을 방정식으로 만든 뒤 그에 맞춰서 신호등이 작동하게 만든 거야. 그러니까 운이 좋은 게 아니라 신호 체계를 잘 만든 거지."

"아~ 네!"

솔직히 잘난 척하는 것 같아 조금 재수없게 느껴졌다. 꼭 이럴 때 저런 말까지 해야 할까? 친구였다면 제대로 면박을 주었을 것이다.

'삼백 미터 앞에서 우회전입니다'

"네, 알겠습니다."

민영 언니는 내비게이션에 나오는 말에 맞춰 대꾸를 했고, 그 상황이 웃겨서 피식 웃음이 나왔다. 삐딱하게 기울던 감정이 다시 돌아왔다.

"나 같은 길치는 내비게이션이 축복이야."

"맞아요. 엄마는 내비게이션을 안 켜면 가까운 마트도 못 가요."

"어머! 그래? 어쩜, 나랑 똑같네."

"정말요? 우리는 엄마가 길을 헤맬 때마다 놀리는데……."

"나도 놀림 많이 당했어."

"괜히 언니한테 미안하네요. 앞으로는 엄마가 길을 헤매도 살살 놀려야겠어요."

"그래주면 고맙지. 우리 같은 길치는 좌표평면를 만든 데카르트가 은인이야."

내비게이션 이야기를 하는데 좌표평면이라니……. 그리고 또 데카르트는 뭐란 말인가?

"내비게이션은 GPS를 기반으로 해. 좌표평면을 지구 표면 전체로 옮겨 놓은 게 GPS고, GPS를 바탕으로 내비게이션이 움직여."

"아, 그 좌표평면……."

"좌표평면을 데카르트가 만든 건 알지?"

"아뇨. 크크!"

갑자기 웃음이 나왔다.

"왜 웃어? 내 말이 재밌지는 않을 텐데……."

"언니한테서 사명감이 느껴져서요."

"엥? 무슨 사명감?"

"세상과 수학이 얼마나 깊이 이어졌는지 끊임없이 설명하는 모습에서 사명감이 느껴졌거든요."

"하하하! 내가 집착이 조금 심하지?"

"아뇨! 제가 처음 수학을 접했을 때 언니처럼 세상과 수학을 이어서 설명해 줬다면, 수학에 대한 제 느낌이 조금은 달라졌을 수도 있겠다 싶어요."

믿기 어렵겠지만 내 말은 진심이었다. 물론 수학을 향한 짜증과 증오가 조금 줄어드는 정도였겠지만 말이다. 민영 언니는 기회가 생길 때마다 세상과 수학을 이어서 말했고, 나는 제법 진지하게 들었다. 태어나서 처음으로…….

민영 언니는 놀이공원에 도착한 뒤에는 수학 이야기를 한마디도 하지 않았다. 다른 사람이 어떻게 보든 개의치 않고 즐기는 민영 언니 덕분에 나도 모처럼 신이 났다. 현준이와 왔다면 얼마나 더 즐거울지 떠올리면 아쉽기도 했지만, 민영 언니와 함께 하는 시간은 더할 나위 없이 좋았다. 다만 자꾸 수학 문제집에서 보던 도형들이 눈에 들어와서 거슬렸다.

원, 구, 곡선, 원기둥, 사각기둥, 평행사변형, 사다리꼴, 삼각형과 같은 도형이 눈에 들어오는 건 그러나 보다 하겠는데, 한 점에서 만나는 두 직선, 직각삼각형과 짝을 지은 평행사변형, 원과 만나는 직선, 포물선과 타원, 곡선을 떠받치는 직선 등 수학 문제집 밖에서 만나리라고는 생각지도 못했던 모양들이 동굴에서 귀신이 튀어나오듯 나타나니 거슬릴 수밖에 없었다. 안 보려고 애를 쓰면 쓸수록 더 도드라져 보였다.

그러다 점점 기분이 묘해졌다. 도형과 직선과 곡선들이 마냥 거북하지 않았다. 놀이공원 시설물들은 미술 공부를 하기에 아주 좋은 형태였기 때문이다. 미술과 수학이 하나로 겹쳐 보였다. 태어나서 처음으로 수학이 그렇게 못된 괴물은 아니라는 생각이 들었다. 차츰 거부감 없이 도형들이 어우러져 만든 조합을 눈여겨보았고, 다양한 시점에서 놀이공원이 빚어내는 디자인을 감상했다. 디자인을 도형으로 쪼개서 바라보니 미술이라는 창으로만 볼 때와 빛깔이 달랐다. 새로운 시각으로 접근하니 형태와 구조가 전혀 다르게 보였다.

놀이기구를 탈 때마다 마음껏 소리를 질러 대다 보니 목이 아팠다. 우리는 음료수를 사러 가게에 들렀다. 음료수만 사려고 했는데 조금 배도 출출해서 과자도 한 봉지씩 샀다. 과자를 고른 뒤 계산대로 가던 언니는 귀엽고 작은 인형을 집어 들더니 흡족한 웃음을 지었다. 상품을 계산대 위에 올려놓자 종업원이 스캐너를 들어서 바코드를 찍었다. 계산을 할 때 문득 나를 비롯한 많은 애들이 하는 말이 떠올랐다.

"애들은, 물론 저도 그렇지만, 물건 살 때 빼고는 쓸 데도 없는 수학을 왜 배우냐고 말해요."

"나도 그런 말 많이 들었어. 그런데 정확히 말하면 물건 살 때도 수학은 필요 없어."

"13,500원입니다."

종업원이 금액을 말하자 언니가 스마트폰을 종업원에게 내밀었다.

"덧셈은 해야……."

내가 의아해 하며 물었다.

"덧셈? 보고도 모르니? 여기 있는 아무도 계산을 하지 않았어. 바코드를 스캐너로 찍으니 13,500원이라고 알아서 더해 주잖아. 그뿐이니? 나는 돈도 안 냈어. 그냥 스마트폰에서 결제를 하는 데 쓰는 앱을 열어서 보여 주기만 하면 끝나. 아무도 수학을 하지 않았어. 그러니까 덧셈 따위는 안 배워도 돼. 그냥 숫자만 읽을 줄 알면 되지. 아니 어쩌면 이제 숫자를 읽지 못해도 될 거야."

대꾸할 말을 찾지 못해 그냥 고개만 끄덕이다 문득 언니가 무슨 말을 하는지 알아차렸다. 언니는 반어법을 써서 물건 살 때 빼고는 수학이 쓸데없다는 주장을 반박한 것이다. 물건 가격을 바코드로 읽고, 신용카드나 스마트폰으로 결제를 하면 민영 언니 말처럼 덧셈을 못해도 물건을 살 수 있다. 그럼에도 우리는 덧셈을 배울 필요가 없다고는 주장하지 않는다. 물건을 살 때 덧셈을 못해도 된다면 곱셈, 나눗셈, 뺄셈은 더더군다나 쓸 데가 없다. 물론 그렇다고 곱셈, 나눗셈, 뺄셈을 못해도 된다고 주장하지는 않는다.

"무슨… 말인지……알겠어요."

생각이 복잡해지니 말이 띄엄띄엄 나왔다.

"스마트폰만 켜면 수많은 지식이 있어. 검색하면 바로 나와. 그러니 말하고 쓰고 읽을 줄만 알면 아무것도 기억하지 않아도 되고, 아무것도 배우지 않아도 돼. 와이파이나 빵빵한 데이터만 있으면 공부 따위는 필요 없어."

민영 언니 목소리가 높아졌다.

"물론 아무도 그렇게 말하진 않아요."

내 말에는 힘이 없었다.

"맞아! 왜 수학은 덧셈·뺄셈·나눗셈·곱셈 빼고는 쓸데없다고 주장하면서 스마트폰이 있으니 아무것도 기억하지 않아도 되고, 쓰고 읽기 빼고는 아무것도 배우지 않아도 된다는 주장을 하지는 않을까?"

"그렇게 살 수는 없으니까요."

"아니, 그렇게 살 수 있어."

민영 언니는 강하게 되받아쳤다.

"앞으로 기술이 더 발전하면 기억도 배움도 아예 쓸모가 없을지 몰라."

민영 언니 말처럼 된 사회를 상상해 봤다. 깊이 따져 보지 않아도 어떤 사회가 될지 알만 했다. 그건 바보들만 모여 사는 멍텅구리 사회였다. 몇몇 똑똑한 사람들이 독재를 해도, 수탈을 해도 전혀 저항하지 못할 듯했다. 소수 천재가 많은 바보들을 지배하는 사회는 귀족과 노예로 나뉘어 살았던 신분제 사회와 다를 바 없었다.

"바보와 노예만 득실거리겠네요."

"즐거움도 제대로 누리지 못하겠지."

"맞아요."

민영 언니와 나는 조그만 탁자에 과자와 음료수를 올려놓고 의자에 앉았다.

"우리가 수학을 배우는 까닭은 물건이나 사려고, 집값이나 주식 값을 계산하려고, SNS 게시물에 붙는 좋아요 개수를 세려는 목적이 아니야. 내가 너한테 미술과 수학이 얼마나 이어져 있는지 보여 주고 있지만, 수학과 이어지지 않은 분야는 거의 없어. 수학뿐 아니야. 모든 학문과 영역은 서로 얽혀 있어. 그 얽힘을 알면 알수록 똑똑해지고, 세상과 사람을 더 잘 헤아리는 힘이 생겨. 수학을 모르면 세상을 더 깊고, 넓게 아는 중요한 수단을 잃어버리는 거나 마찬가지야."

민영 언니는 목소리에 힘을 주었다.

"프랜시스 베이컨이 이렇게 말했어. 수학을 모르는 자는 세계를 이해하지 못하고, 자신이 알지 못한다는 사실도 모른다고!"

베이컨이 했다는 말이 날카로운 가시가 되어 음료수를 쥔 손을 마구 찔러 댔다. 움찔 놀란 손이 오그라들면서 음료수를 쏟을 뻔했다.

언니는 더 이상 수학 이야기를 꺼내지 않았다. 놀이공원을 거니는 사람들 옷차림과 표정을 훑어보며 재미나게 감상평을 이야기했고, 나도 가볍게 되받았다. 그렇지만 마음은 그리 가볍지 않았다. 땅에 묻어 버린 수학 문제집이 눈에 어른거렸고, 수많은 수학 기호들이 놀이공원 곳곳을 떠다녔다.

과자와 음료수를 먹은 뒤 우리는 다시 놀이공원을 즐겼고, 느지막하게 점심을 먹으러 식당에 들어갔다. 먹을거리를 주문하고 기다리는데 주방을 물끄러미 보던 민영 언니가 라면 이야기를 꺼냈다.

"음식점에서 먹는 라면이 더 맛있지 않니?"

"맞아요! 똑같은 라면인데 음식점에서 먹으면 집에서 끓여 먹을 때보다 맛있어요."

"왜 그럴까?"

"장소 탓 아닐까요? 밖에서 먹으면 뭐든 맛있으니까."

"물론 그럴 수도 있지만……."

"어쩌면 음식점들은 우리가 모르는 요리비법이 있는지도 몰라요."

"어떤 가게는 그렇기도 하겠지. 그렇지만 진짜 비밀은 요리비법이 아니라 온도에 있어."

맛이 온도 때문에 달라지다니, 처음 듣는 소리였다.

"우리가 집에서 쓰는 주방용 조리기구 온도는 일정 수준 이상을 넘지 못해. 그 반면에 음식점 조리기구 화력은 엄청 세! 음식점은 라면을 높은 온도에서 익히기 때문에 더 깊은 맛이 나는 거야."

"와! 그래요? 몰랐네요. 그럼 앞으로 맛있는 라면을 먹으려면 집에서도 높은 온도로 끓이면 되겠네요!"

"그건 안 돼. 법으로 규제하거든."

"아니, 왜요?"

"음식점처럼 높은 온도까지 허용하면 위험하니까."

"타당한 규정이긴 한데, 무척 아쉽네요."

"맛보다는 안전이 먼저지."

그때 우리가 주문한 음식이 나왔다. 우리는 수다를 떨며 즐겁게 식사를 했다. 요리도 훌륭했지만 민영 언니와 이야기를 나누며 먹으니 더 맛있었다. 음식은 맛도 중요하지만 어떤 사람과 먹느냐도 중요하다. 싫은 사람과는 아무리 좋은 음식점에서 비싼 음식을 먹어도 맛이 없다.

식당을 나와 차로 걸어가면서 민영 언니는 다시 수학 이야기를 꺼냈다. 내게 수학을 전해 주려는 사명감은 배가 불러도 가라앉지 않는 모양이었다.

"온도를 숫자로 표현하다니 재미있지 않아?"

나도 내성이 생겼는지 수학 이야기가 크게 거슬리지는 않았다.

"온도니까… 당연히 숫자로……."

온도를 숫자로 표현하는 방식은 당연한 상식이었기에, 의문을 품는 민영 언니가 도리어 이상했다.

"온도를 나타내는 말을 떠올려 봐. 뜨거워, 차가워, 따뜻해, 서늘해, 미지근해, 시원해, 포근해, 따스해, 센 불, 약한 불 등등. 옛날에는 그냥 그런 식으로 온도를 표현했어."

듣고 보니 맞는 말이었다.

"어릴 때 목욕탕에 엄마와 같이 갔는데, 엄마가 김이 모락모락 나는 물에서 아주 행복해 하시는 거야. 나도 엄마처럼 행복을 느끼고 싶은데 물에서 김이 모락모락 나니 걱정이 돼서 엄마한테 뜨겁지 않냐고 물었더니 안 뜨겁대. 그 말만 믿고 몸을 풍덩 담갔는데……."

"크크, 엄마한테 엄청 배신감 들었겠네요."

"말도 마! 그때처럼 엄마가 미운 적이 없었어."

민영 언니가 무슨 말을 하는지 알아들었다. 뜨겁고 차가움은 사람에 따라 다르다. 같은 물이어도 어떤 사람은 아주 뜨겁게 느끼고, 어떤 사람은 미지근하다고 느낄 수 있다. 추운 겨울에 바깥에 있다가 집에 들어가면 무척 따뜻하지만, 겨울에 따뜻한 이불 속에 있다가 거실로 나오면 서늘하다.

"물이 얼면 0도, 물이 끓으면 100도로 뜨거움과 차가움을 표현하자 엄청난 변화가 일어나. 온도가 숫자가 되면서 세상은 더욱 안전해지고, 맛있어지고, 과학이 발전했어. 온도뿐이 아니야. 크기, 면적, 무게, 길이, 빠르기, 체적, 부피, 에너지, 전력 등을 숫자로 표현하자 세상은 완전히 달라져. 숫자는 현대 문명을 떠받치는 기둥이야. 수학이 곧 현대문명인 거지."

그때 우리는 차에 이르렀고 대화가 끊겼다. 차 문을 열고 타는데 안에서 뜨거운 열기가 확 뿜어 나왔다. 민영 언니는 시동을 켜더니 곧바로 에어컨을 켜고 온도를 23도로 맞췄다. 23도, 여름에는 시원하지만, 겨울에는 따뜻하고, 봄에는 포근한 온도다. 시원한 바람이 조금씩 뜨거운 열기를 몰아냈다. 어쨌든 그 순간 23도는 숫자가 아니라 시원함이었다.

민영 언니는 스마트폰 내비게이션 앱을 실행한 뒤 목적지를 입력했다.

"아는 선배 언니가 전시회를 열고 있어. 주제가 '뜨거운 얼음'인데, 가도 괜찮지?"

"그럼요. 그나저나 제목이 독특하네요."

"그 선배는 삶도 독특해."

민영 언니도 독특한데, 민영 언니가 독특하다고 하는 사람이면 얼마나 독특할지 궁금했다. 이번에도 차는 운 좋게, 아니 방정식 덕분에, 막히지 않고 시원하게 달렸다. 서로 좋아하는 노래를 들려주며, 소개도 하고, 가끔은 큰 소리로 함께 부르기도 했다. 노래방이 아닌 곳에서 소리를 지르며 노래를 부르니 가슴이 시원하게 뚫리는 쾌감이 일었다.

시원하게 달리던 차가 신호등도 없는데 갑자기 멈췄다. 민영 언니는 차를 길가에 세운 뒤 방향지시등을 켠 채 어느 한 방향을 무섭게 노려봤다. 늘 웃는 얼굴에 떠오른 분노는 서늘하다 못해 공포스럽기까지 했다. 기에 눌려서 왜 그러냐고 묻지도 못하고 가만히 기다렸다. 한참 노려보던 민영 언니는 입을 앙다물고는 방향지시등을 껐다. 차는 다시 뜨거운 거리로 바퀴를 굴렸다.

"미안! 갑자기 나쁜 일이 떠올라서."

"무슨 일인지 여쭤봐도 돼요?"

"경마장 때문이야."

그러고 보니 민영 언니가 노려보던 곳에서 경마라고 쓴 글씨를 본 기억이 났다.

"우리 할아버지는 경마 중독자야. 할아버지는 돈을 버는 족족 주말이면 경마장에 가서 모조리 돈을 걸 정도였어. 젊었을 때는 꽤 번듯한 사업을 했는데 경마 노름에 사업체도 다 날리고, 결국 할머니가 자식들을 다 키웠어. 그 바람에 내 어릴 때에도 꽤나 고생했어. 어릴 때 할아버지 손잡고 경마장에 한 번 갔는데 그때 할머니가 노발대발 하셨어. 손녀와 같이 있으면 설마 경마장에 안 가겠지 하며 나를 할아버지한테 맡겼는데 그러거나 말거나 할아버지는 나를 데리고 경마장에 간 거야. 늘 자상하던 할머니였는데, 할아버지가 경마장에 다녀와도 아무 말씀 안 하시던 할머니였는데, 그때는 어찌나 불같이 화를 내시는지, 아직도 그때 화를 내시던 할머니 모습이 뚜렷하게 떠올라."

그때 일을 떠올리는지 민영 언니는 잠깐 말을 멈췄다.

"할아버지가 경마에 빠져서 가족들을 엄청 힘들게 하셨기 때문에 우리 가족들은 내기라면 알레르기 반응을 보여. 우리 가족들은 재미로라도 로또를 사지 않아. 심지어 아파트 청약을 할 때도 아빠는 경쟁률이 심한 곳은 도박과 같다며 아예 신청을 안 하셨어. 엄마가 친구 권유로 주식을 산다고 하니 엄마에게 불같이 화를 내셨어. 주식도 도박이라고, 운으로 돈을 벌려는 욕심 버리라고. 엄마는 주식은 도박이 아니라 투자라고 말했지만 아빠는 절대 용납하지 않았어. 아빠는 할머니를 닮아서 아주 순하셨는데, 그때 처음으로 화를 내시는 모습을 봤어. 어릴 때 봤던 할머니 모습이 겹쳐지기도 했고."

사연을 듣고 보니 민영 언니가 경마장을 증오에 찬 눈으로 노려본 까닭을 알 만했다.

"머리가 큰 뒤로 나는 늘 고민했어. 할아버지는 왜 경마에 빠졌을까? 참 착하신 분이, 남들에게 나쁜 말도 함부로 못하는 분이, 왜 경마라고만 하면 미친 사람처럼 정신을 차리지 못했을까?"

"해답은 찾으셨어요?"

"정확히는 나도 모르겠어. 어릴 때 겪었던 어떤 사건 때문일 수도 있고, 마음에 문제가 생겼을 수도 있겠지. 경마나 도박에 중독되는 이유야 여러 가지니까. 고민을 하다가…, 어쩌면…, 수학 때문인지도 모르겠다는 생각을 했어."

"수학이요?"

경마 중독이 수학과 관련이 있다니, 무슨 말일까?

"경마는 원리가 아주 간단해. 말들이 경주를 하기 전에 내기에 참여하는 사람들이 우승마를 예상해서 돈을 걸고, 맞추면 돈을 받아. 사람들이 예상하지 못한 말이 우승을 하면 아주 큰돈을 벌 수도 있지. 제대로 한 방 걸리기만 하면 큰돈을 벌 수 있다고 다들 믿어. 그런데 생각해 봐. 열 마리가 경주를 하면 내가 선택한 말이 1등을 할 확률은 10%야. 돈을 딸 확률은 10%, 잃을 확률은 90%! 이런 확률 지식은 주사위 던지기 원리만 알아도 이해할 수 있어."

그건 나도 이해한다. 수학이 이 정도 수준이면 수학학원에서 미친 듯이 선행을 하고, 수백 문제를 밤새 푸는 일 따위는 하지 않았을 것이다.

"경주마를 아주 잘 연구해서 잘 뛰는 말에 돈을 건다고 해도 어차피 확률은 절반을 넘지 못해. 딸 확률보다 잃을 확률이 많고, 횟수를 거듭하면 결국 돈을 잃게 돼. 카지노가 돈을 버는 원리야. 카지노 업자들은 자신들에게 유리한 확률로 게임을 설계해. 그래서 몇 번은 고객이 돈을 따지만 아주 길게 보면 무조건 카지노가 돈을 더 따게 되어 있어."

"맞아요. 동전 던지기를 하면 어쩌다 앞면이 더 많이 나올 수 있겠지만 횟수를 거듭하면 앞면과 뒷면이 엇비슷하게 나오게 되는 원리와 같은 거죠."

"잘 아네. 이게 수학이야. 이 수학을 알면 경마로 돈을 딸 거라는 기대는 어처구니없는 짓임을 알게 돼. 그런데 경마나 도박으로 돈을 많이 벌려는 사람은 수학이 알려 주는 명백한 지식을 무시하고, '나는 다르겠지', '나에게는 행운이 올 거야' 하는 어처구니없는 기대를 해. 수학을 모르고, 수학이 알려 주는 진리를 받아들이지 못한 어리석음이 할아버지를 도박에 빠져들게 만들었을지도 몰라."

민영 언니가 하는 말을 듣는데 가슴이 뜨끔했다. 마치 나에게 하는 말처럼 들렸다. 수학 문제집을 땅에 파묻고, 학교에서도 수학이라면 질려서 잘 쳐다보지도 않는 나를 향한 따끔한 야단이었다. 어쨌든 언니 말을 듣고 경마나 도박 같은 사행성 오락에는 절대로 발을 담그면 안 되겠다고 다짐했다. 학교에서 몇몇 애들이 인터넷으로 도박을 한다는 소문을 듣기도 했는데, 그런 애들한테 민영 언니가 한 말을 꼭 전해 주면 좋겠다.

"우리는 늘 행운을 바라. 마트 계산대에서 내가 선 줄이 먼저 줄어들기 바라고, 차를 타고 가다가 내가 있는 차선이 먼저 줄어들기 바라고, 답을 찍으면 내가 찍은 문항이 정답이 되기를 바라고……. 행운을 바라다 안 되면 나는 운이 없다고 자책하고…….”

또다시 뜨끔했다. 찍은 문제가 틀릴 때마다 엄청 우울하고 짜증냈던 기억이 떠올랐다.

“수학으로 따져 보면 그 행운을 바라는 마음은 엄청난 욕심이야. 확률은 평등하거든! 수학을 제대로 배우면, 운에 기대지 않게 돼. 운이 찾아와도 확률로 일어날 만한 일이 내게 일어났구나 하고 말지. 우리 아빠와 엄마, 할머니가 겪은 불행도 없었을 테고.”

운전을 하는 민영 언니 얼굴을 가만히 봤다. 차마 다 말하지 못한 괴로운 사연들이 내달리는 풍경 위로 스쳐갔다.

이야기를 나누다 보니 어느새 목적지에 이르렀다. 차를 세우고 곧바로 전시회장으로 들어갔다. 민영 언니는 선배라는 미술 작가에게 나를 소개해 줬는데 겉으로만 봐서는 그리 독특한 사람처럼 보이지 않았다. 민영 언니가 선배와 따로 할 이야기가 있다고 해서 나는 혼자서 전시회를 관람했다. 한편으로는 편했다. 작품을 선입견 없이, 내 느낌 그대로 감상하는 게 좋았다. 전시회 제목이 ‘뜨거운 얼음’인데 아무리 봐도 왜 그런 제목을 붙였는지 헤아리기 어려웠다. 그럼에도 작품은 나름 독특하고 괜찮았다. 그러다 한 작품이 내 눈길을 붙잡아서 그 앞에서 한동안 가만히 머물렀다.

질서와 무질서가 뒤섞인 그림이었다. 그림은 아주 꼼꼼하고 뛰어난 기교로 표현한 부분과 뒤죽박죽 마구잡이로 표현한 부분이 뒤엉켜 있었다. 한 부분만 보면 더할 나위 없이 세밀한 묘사가 돋보이고, 또 다른 곳을 보면 눈이 뒤집힐 만큼 혼란스러웠다. 아주 뛰어난 화가와 어린 아이가 번갈아가며 그린 느낌이 들었다. 질서와 무질서가 만든 뒤엉킴이 무척 혼란스러웠다. 목욕탕에서 뜨거운 물과 차가운 물을 아주 빠르게 오고가면 이런 기분이 들지도 모르겠다. 정신이 흐트러질 만큼 종잡을 수 없었지만 수없이 번갈아가는 질서와 무질서를 뚫어져라 들여다보니 기묘한 기분이 들었다. 질서 속에서 무질서가 보이고, 무질서 속에서도 질서가 보였다. 왜 그런지 모르겠지만 질서와 무질서가 별개가 아니라는 생각마저 들었다. 전시회 제목인 '뜨거운 얼음'이 그림과 참 잘 어울렸다. 질서와 무질서가 모순 속에서 묘하게 어울리듯이.

"이 작품이 마음에 드나 보네."

민영 언니였다.

"기묘해요. 무질서와 질서가 뒤죽박죽이어서 처음에는 종잡을 수 없었는데, 차츰 질서 속에 혼란이 보이고, 혼란 속에 질서가 느껴져요."

"이 선배 언니 작품이 원래 좀, 그래! 구경 더 할래?"

"아뇨. 다 봤어요."

우리는 전시회장을 나와 바로 옆 카페로 들어갔다.

카페에 앉아서 작품을 본 느낌을 풀어놓았다. 혼란 속에서 찾아낸 묘한 질서를 정확히 설명할 낱말을 찾지 못해 애를 먹었기에, 내 말은

떡볶이를 두고, 밥정식을 먹다

장황하게 길어졌다.

"프랙털을 봤구나."

민영 언니 말에는 반가움과 놀라움이 뒤섞여 있었다.

"프랙털이 뭔데요?"

"뭐라고 설명할까… 음, 혹시 드립 페인팅(Drip Painting)은 알아?"

"캔버스 위에 물감을 흘리거나 뿌려서 그리는 기법이잖아요. 저도 해 봤어요. 재미있기는 한데 생각보다 어려웠어요."

"드립 페인팅을 처음 개발한 작가가 잭슨 폴록이야."

"잭슨 폴록, 알죠! 엄청 유명하잖아요."

"잭슨 폴록이 드립 페인팅 기법으로 그린 작품을 처음 보면 무척 혼란스러워. 아무런 규칙성이 없어 보이지. 그런데 어떤 학자가 자세히 연구를 해 봤더니 그 혼란 가운데 비슷한 형태가 점점 작아지면서 규칙적으로 나타난다는 거야. 혼란스러운 그림 가운데서 나타난 규칙성, 질서와 혼돈이 뒤엉킨, 끝없이 반복되는 비슷한 형태, 그래서 전체 모양이 작은 단위로 이어지며 계속해서 비슷하게 반복되는 현상, 이걸 프랙털이라고 해."

설명을 들어도 이해가 잘 안 됐다.

"미술에 프랙털이란 기법이 있다니, 처음 알았어요."

"미술 기법이 아니라 수학이야."

"프랙털이 수학이라고요?"

"그래, 수학자들은 자연이 모두 프랙털로 이루어져 있다고 말해. 우리가 자연을 보면서 아름다움을 느끼는 까닭은 그 안에 프랙털 구조가 들어 있기 때문이야. 잭슨 폴록이 그린 그림을 보며 사람들이 묘하게 빠져들었던 이유도 프랙털 때문이었고. 네가 선배 언니 그림에서 찾아낸 질서와 무질서도 프랙털이야.”

또다시 미술 속 수학이다. 오늘 벌써 몇 번째인지 모르겠다. 오늘은 넘치도록 미술과 수학이 뒤엉킨 현실을 마주했다. 더는 그러고 싶지 않았다. 민영 언니도 내 표정과 몸짓을 보고 내 속마음을 알았는지, 더는 수학 이야기를 꺼내지 않았다.

땅에 묻어 버린 수학을 현실에서 질기게 만난 날이었지만, 민영 언니와 지낸 하루는 가볍고 즐거웠다.

“오늘 감사해요.”

“내가 계속 수학 이야기를 해서 부담스럽지는 않았나 모르겠네.”

“아니요. 괜찮았어요. 아주 즐거웠어요.”

“즐거웠다니 다행이다.”

“들어가 쉬세요.”

“친구한테 차 돌려주기 전에 차 청소해야 돼!”

민영 언니는 입을 뽀로통하게 내밀고는 빙그레 웃었다.

민영 언니를 보내고 나는 놀이터 옆에 놓인 의자에 잠깐 앉았다. 노을빛은 저녁 하늘에 그 어떤 미술가도 따라잡지 못할 아름다운 작품을 빚어내고, 거리와 건물과 간판들은 각종 도형들을 조합하여 프랙털을 흩뿌리고, 여름을 식히는 산들바람은 나뭇잎을 간지럽혀 웃음 짓게 만들었다. 나에게 달라붙은 불운에 짓눌려 괴로워하던 마음이 가볍고, 차분해졌다. 내가 처한 문제가, 내 욕망을 담은 스마트폰이, 나를 짜증 나게 하던 수학이, 노을빛과 프랙털 속에서 바람과 함께 움직이며 즐겁게 춤을 추었다.

'어쩌면, 수학이 그리 끔찍하기만 한 지옥은 아닌지도 몰라.'

이런 생각이 어제 떠올랐다면 몸서리치며 떨치려고 했겠지만, 이제는 아무렇지 않았다. 내 수학 인생을 다시 한 번 돌이켜보았다. 왜 그렇게 끔찍해졌는지 가만히 생각했다.

'어쩌면, 수학이 아니라 수학을 가르친 선생님들이 문제였는지도 몰라.'

내 생각이 맞는지는 모르겠다. 민영 언니처럼 수학을 가르치는 선생님을 더 일찍 만났더라면, 수학을 대하는 내 태도가 바뀌었을지도 모르겠다. 물론 그렇다고 수학을 좋아하게 되지는 않겠지만, 지옥만큼 싫어하는 수준까지는 이르지 않았을지도 모르겠다.

프랙털과 빨간 웃음이 노을과 함께 사라지며 부드럽게 손을 흔들었다.

[07]
석갈비의 확률과 치킨의 평균값

'가혜 수학해방일' 2주년을 8일 앞둔 날 월요일, 덥고 숨이 막혀 거리를 걷기 싫은 날이었다. 많은 이들이 휴가를 떠났고 영어학원도 쉬지만 미술학원은 휴가가 없다. 영어학원은 수요일까지 휴가여서 저녁밥도 미술학원에서 먹고 늦은 시간까지 연습에 몰두했다.

저녁 수업 때는 들어온 지 서너 달 된 애들을 잠깐 가르쳤다. 민영언니가 잠깐 밖에 나갔다 올 때 머리도 식힐 겸 해서 가르쳤는데 나름 재미있었다. 복잡하고 힘든 과제를 하다 단순한 그림을 지도하니 머리가 맑아지는 기분이었다. 빛이 들어오는 방향에 따라 농담을 조절하는 법을 알려 주었는데 정육면체, 사각뿔, 원뿔, 구에 직접 빛을 비추고 관찰하면서 설명해 주니 제법 잘 알아들었다. 입체 도형이 지닌 특징을 설명할 때 내가 미술을 가르치는지 수학을 가르치는지 잠깐 헷갈리기

140

도 했다.

　내가 붙잡고 씨름하는 그림에서도 종종 수학이 떠올라 당황스러웠다. 그렇지만 구도를 잡을 때 비율을 고려하고, 기하학을 사용하니 감각에만 의존할 때보다 훨씬 수월했다. 수학이 싫어서 미술을 선택한 내가 수학을 미술에 응용하는 게 황당하긴 했지만 거부감이 들지는 않았다.

　민영 언니는 틈틈이 나에게 미술과 수학에 얽힌 이야기를 들려주었다. 미술 표현에서 기본 중에 기본인 원근법이 르네상스 시대에 기하학을 연구하다가 탄생했다는 이야기는 무척 흥미로웠다. 유클리드가 없었다면 수학이 오늘날과 전혀 달라졌을지도 모른다는 말을 들었을 때는 타임머신 기술을 간절히 바라기도 했다. 민영 언니는 프랙털 이론이 구현된 미술 작품도 여럿 보여 주었고, 유명한 추상화 작품들과 작가들에 관한 이야기도 들려주었다. 그중 가장 흥미로운 작가는 몬드리안과 칸딘스키였다.

　몬드리안은 점과 선과 면으로 세상을 보았다. 민영 언니는 도시에 기하 도형이 가득하다고 했는데 몬드리안은 오래전에 도시를 이루는 기본이 기하 도형임을 꿰뚫어 보았다. 칸딘스키는 몬드리안보다 더 다양한 도형과 선을 썼고, 몸짓과 색채가 변화하는 움직임까지 포착해서 그려 냈다. 움직임이 없는 화폭에 도형과 선과 빛깔로 움직임을 그려 냈다. 가로 세로 직선인 좌표평면에 방정식으로 변화하는 선을 그리는 방식과 칸딘스키가 표현한 방식은 크게 달라 보이지 않았다. 살아 있는 세상에서 도형을 찾아내는 눈이 열리고 나니 나에게도 거리와 건물이 온통 점, 선, 면, 수직, 수평, 오각형, 사각형, 원, 타원, 곡선, 육면체, 구로 변환되어 다가왔다. 몬드리안과 칸딘스키가 보았던 세상이 나에게도 들어온 셈이다.

"어떻게 보면 모든 미술 작품은 본질에서 추상화야. 흔히 눈에 보이는 대로 그리는 사실화나 정물화란 용어가 있지만, 세상에 있는 그대로 그리는 그림 따위는 없어. 모든 그림은 작가가 지닌 눈을 거친 뒤에 새롭게 탄생하거든. 추상화란 다른 말로 하면 단순화야. 사물이나 대상이 지닌 본질을 단순하게 표현하는 방식이 바로 추상화야. 따라서 수학도 추상화라 할 수 있어. 수학에서는 양 한 마리도, 돌 하나도 모두 '1'이라는 숫자로 표현해. 공간을 좌표평면으로 파악하고, 변화를 방정식이나 분수로 나타내기도 해. 놀라운 단순화야. 그러니까 미술과 수학은 형제야."

"그런 식으로 따지면 수학뿐 아니라 국어도 과학도 사회도 다 추상화겠네요."

"그래, 맞아! 언어는 복잡한 세상과 현상을 아주 간단한 언어로 나타내고, 과학은 자연 현상을 단순한 수식과 원리로 잡아내고, 사회는 복잡한 인간사를 몇몇 개념과 설명으로 풀어내. 사고력은 본질에서 추상화야. 사고력이 지식이고, 지식이 인간을 강력한 존재로 만들었지."

민영 언니 덕분에 나는 새로운 눈이 열렸고, 수학에 대한 반감도 많이 줄어들었다. 그렇지만 현실이 바뀌지는 않았다. 나혜는 여전히 엄마와 대치하고 있고, 엄마는 내게 스마트폰을 사 줄 생각이 전혀 없으며, 현준이와는 연락이 끊기면서 달달하던 감정이 식어가고, 친구들 사이에서 무슨 일이 일어나는지 나는 거의 모르는 상태였다.

원수 같았던 수학이 내가 좋아하는 미술과 닮은꼴이 있고, 서로 이어진 학문이라는 깨달음을 얻은 걸 빼면 내 삶은 여전히 악몽이었다. 나혜에게 수학을 가르쳐서 어떻게든 해 보겠다던 시도는 그만두었다. 수학을 좋아하지도 않고 제대로 할 줄도 모르는 내가 나혜를 바꿀 수는 없었다. 미술을 좋아하고 미술이 지닌 매력을 누구보다 잘 아는 내가 미술을 질리게 만들 방법을 찾을 수는 없었다. 나는 자포자기 상태였다.

'가혜 수학해방일' 2주년을 6일 앞둔 날 수요일, 아빠가 해외출장에서 돌아왔다. 아빠가 집에 오니 모처럼 엄마 얼굴이 환하게 펴졌다. 나혜도 닫힌 방문을 열고 나와 아빠에게 애교를 부리며 귀여운 척했다. 마치 아무 일도 없었다는 듯이 구는 나혜가 눈꼴셨다. 아니 눈꼴신다기보다 간사해 보였다. 권력자에게 들러붙어서 자기 이익만 챙기는 간신배처럼 나혜는 아빠에게 달라붙어 아빠 환심을 샀다. 나혜가 간신배처럼 구는 까닭은 뻔했다. 자기가 원하는 걸 아빠를 통해 얻으려는 속셈이었다.

아빠가 해외출장에서 돌아오자 나는 아빠에게 내 사정을 이야기해서 스마트폰을 얻을 계획을 세웠다. 아빠가 내 사정을 알면 엄마를 충분히 설득해 줄 수 있을 거라 믿었다. 그렇지만 나혜가 하는 짓을 보고 마음을 접었다. 나혜처럼 굴고 싶지는 않았다. 나와 엄마 사이에 벌어진 문제는 엄마와 내가 푸는 게 옳다는 생각이 들었다. 스마트폰이 간절히 생기길 바랐지만 내 바람을 해결하는 데 아빠를 이용하고 싶지는 않았다.

'가혜 수학해방일' 2주년을 5일 앞둔 날 목요일, 깊은 물에 빠져 허우적거리다 공기 빠진 튜브라도 잡는 심정으로 현준이에게 연락을 시도했는데 실패했다. 저녁에 영어학원에 가서 연지 스마트폰을 빌려서 연락하려고 했는데 연지가 학원에 오지 않았다. 나중에 알아보니 연지는 일요일까지 가족끼리 휴가를 보낸다고 했다. 학원 전화나 다른 애들 전화를 빌려서 통화하고 싶지는 않았다. 내 비밀을 친구가 아닌 이들에게 알려서 좋을 게 없기 때문이다.

집에서 컴퓨터로 몰래 연락을 할 수도 있었지만 시도하지 않았다. 나혜는 가족끼리 합의한 규칙을 어기면서 밤에도 엄마 몰래 컴퓨터를 종종 쓴다. 미꾸라지처럼 엄마 감시망을 빠져나간다. 나는 나혜처럼 하고 싶지 않았다. 나혜와는 다른 사람, 나혜보다 훨씬 나은 언니가 되고 싶었다.

'가혜 수학해방일' 2주년을 4일 앞둔 날 금요일. 가족이 다 함께 휴가를 떠났다. 자동차 뒷자리에 앉은 나혜는 차에 타자마자 스마트폰을 만지더니 숙소에 도착할 때까지 손에서 떼어 놓지 않았다. 부럽기도 하고 짜증도 났다. 가족과 같이 여행을 가는 차 안에서 대화에는 전혀 끼지 않고 스마트폰만 만지는 나혜 모습이 좋게 보이지는 않았다.

숙소에 도착해서는 기분이 조금 풀렸다. 창문 밖으로 보이는 물놀이장은 환상이었고, 물놀이장 너머로 펼쳐진 산과 마을은 무척 예뻤다. 물놀이장과 풍경을 가만히 지켜보기만 해도 헝클어진 감정이 풀리는 듯했다. 나혜는 물놀이장을 보자마자 옷을 갈아입더니 나를 끌고 나갔다. 우리는 모처럼 신나게 놀았다. 사람들이 많아서 더욱 신이 났다. 거센 물살 위로 몸을 맡기고 있는 힘껏 소리를 질렀고, 까마득한 높이에서 물살을 타고 떨어지며 공포스러운 짜릿함을 맛보기도 했다.

더 놀고 싶었지만 배가 고파서 숙소로 올라왔다. 엄마와 아빠는 숙소 앞 테라스에서 가만히 앉아 커피를 마시며 이야기를 나누고 계셨다. 우리 둘은 씻고 가벼운 옷으로 갈아입었다.

"아빠, 배고파!"

나혜가 말했다.

"잠깐만, 마시던 커피는 마저 마시고……."

나혜가 재촉했지만 아빠와 엄마는 테라스에서 분위기를 잡고 느긋하게 커피를 즐겼다. 짜증을 부릴 듯하던 나혜는 스마트폰을 다시 집어 들더니 소파에 널브러졌다. 나는 침대 끝에 앉아 하릴없이 숙소를 둘러보았다. 이럴 때 스마트폰이 없으니 무척 심심했다. 멍하니 숙소를 둘러보던 내 눈에 기묘한 선이 반복해서 나타나는 벽지가 눈에 들어왔다. 육각형과 사각형이 원처럼 보이는 팔각형을 가운데 두고 번갈아가며 둘러싼 형태가 기본이었는데, 기본 형태가 반복해서 맞물리면서 벽지를 한가득 채웠다. 팔각형 안쪽은 서로 다른 빛깔인 여섯 송이 꽃이 동그랗게 맞물렸는데, 꽃송이마다 바깥쪽 육각형과 이어졌고, 원 바깥에 있는 육각형은 꽃송이와 같은 빛깔이었다. 오직 사각형만 꿋꿋하게 자기 빛깔을 지키며 다양한 빛깔에서 오는 혼란을 막아 주었다.

흥미로우면서도 균형이 잡힌 벽지 디자인이었는데 묘하게도 그 안에서 수학이 보였다. 팔각형, 육각형, 사각형이 빈틈없이 맞물렸는데, 각도가 정확하게 맞아떨어지지 않으면 만들 수 없는 모양이었다. 저런 벽지를 만든 디자이너는 구성력뿐 아니라 수학 실력도 제법 갖춘 사람일 것이다. 벽지를 가만히 살펴보다 나도 만들 수 있겠다 싶어서 한번 해 보기로 했다.

아무렇게나 도형을 하나 그렸다. 그러고는 도형 옆에 점을 하나 찍고 점을 기준으로 대칭 이동을 시켰다. 두 도형을 그대로 둔 채 점을 중심으로 90도 회전을 했을 때 나타날 모양을 그렸다. 네 방위를 차지한 도형을 다시 45도 회전시켰다. 8개 도형이 8방위를 차지했다. 다시 22.5도를 돌렸다. 그러자 총 16개 도형이 가운데 한 점을 중심으로 동그랗게 자리를 잡았다. 도형이 겹쳐지면서 처음에는 예상하지도 못했던 문양이 나타났다.

그 순간에는 전혀 인식하지 못했지만 나중에 알고 보니 내가 쓴 방법은 수학에서 배운 원점 대칭이동이었다. 나중에 민영 언니는 내가 했던 문양 만들기가 '테셀레이션' 기법 가운데 하나라고 알려 주었다. 테셀레이션은 에셔라는 미술가가 창조한 방법으로 에셔는 새, 물고기, 도마뱀 등으로 평면을 교묘하게 분할한 작품을 많이 창작했다. 요즘은 미술뿐 아니라 수학을 가르칠 때도 테셀레이션을 많이 활용한다고 한다.

　문양 만들기를 한참 하는데 아빠가 밥 먹으러 가자며 일어섰다.
　"아빠 뭐 먹을 거야?"
　나혜가 아빠 팔짱을 끼며 물었다.
　"조금 가면 아주 유명한 석갈비 집이 있대."
　"석갈비가 뭐야?"
　"갈비를 뜨거운 돌에 구워서 주나 봐."
　엄마와 사이가 틀어진 뒤로 나혜는 유난히 아빠에게 친근하게 굴었다. 얍삽하게 구는 게 꼴 보기 싫었다. 차에 탈 때도 나혜는 아빠 옆자리에 앉았다.
　"석갈비 맛있대?"
　"검색을 해 봤는데 소문이 자자하네."
　그러면서 아빠는 스마트폰 검색 화면을 나혜에게 보여 주었다. 시동 켜는 소리가 들리고, 차가 움직였다.
　"음~, 평이 괜찮네."
　아빠 스마트폰을 골똘히 살피던 나혜가 말했다.
　"아빠가 고심 끝에 고른 음식점이야."

"사진을 보니 가게도 꽤나 예뻐."

"괜찮지? 늘 첫 식당을 잘 골라야 해. 여행을 할 때는 첫 음식이 좋아야 끝까지 맛있는 음식을 먹는 법이거든."

나혜가 좋아하니 아빠는 어깨를 으쓱하며 자랑스러워했다.

"뭐든 처음이 좋아야 다 좋은 법이야."

아마 이 말을 아빠가 덧붙이지 않았다면 그러나보다 하며 넘어갔겠지만, '뭐든 처음이 다 좋으면 좋다'는 말을 들으니 괜히 트집을 잡고 싶었다. 무엇보다 '뭐든'과 '다'라는 수식어가 심히 거슬렸다.

"아빠, 그게 말이 돼? 처음이 좋다고 다 좋을 수 없고, 처음이 나쁘다고 끝까지 나쁠 수도 없어. 좋다가 나쁘기도 하고, 나쁘다가 좋을 때도 있잖아."

여느 때 같으면 절대 이렇게 트집을 잡을 내가 아니었다. 이런 식으로 말꼬리 잡고 늘어지는 애들은 딱 질색이다. 그렇지만 그 순간은 그냥 넘어갈 수가 없었다. 어쩌면 처음에 잘 나가다 꼬여 버린 현준이와 관계가 떠올랐을 수도 있고, 나혜 때문에 뒤엉킨 모든 상황이 짜증났을 수도 있다. 아무튼 나는 트집을 잡았고, 아빠는 자기 논리가 왜 맞는지 장황하게 늘어놓았다.

"아빠가 지난 겨울에 출장을 갔는데, 출장 가서 처음 먹은 식당이 엉망이었어. 그 뒤로 출장 기간에 들른 음식점마다 맛이 이상하거나, 종업원이 불친절하거나 해서 기분 나빴어. 그래서 이번에 출장을 갔을 때는 첫 음식을 아주 신중하게 골랐는데, 아주 맛있었어. 내가 사진 올린 거 봤지? 그 뒤로 아무 데나 들어가서 먹었는데 전부 괜찮았어. 재작년 여름에는……."

"어휴, 또 그 소리."

내가 뭐라고 반박하기도 전에 엄마가 끼어들었다.

"맞다니까."

"내가 몇 번을 말해. 그런 걸 믿으니까 뭘 하든 처음에 지나치게 신중해서 선뜻 못 한다고 했잖아. 당신은 지나치게 신중한 버릇 고쳐야 해."

"신중해서 나쁠 거야 없지."

그때 차가 음식점 앞 주차장에 이르렀고, '처음이 좋아야 다 좋다'를 주제로 벌인 논쟁은 그대로 끝났다.

석갈비집은 세련된 겉모습에 꽃밭과 정원수를 예쁘게 꾸민 음식점이었다. 실내도 겉모습 못지않게 뛰어났다. 고기 냄새만 안 나면 잘 꾸며진 카페라고 착각할 정도였다. 아빠가 신중하게 고른 음식점답게 석갈비는 꽤나 맛있었다. 아빠는 '거봐라' 하며 무척 뿌듯해 했고, 나혜는 아빠 기분을 맞춰 주며 실컷 배를 채웠다.

석갈비 맛이 좋았기에 아빠와 벌인 논쟁을 잊고 맛있게 먹었는데, 배가 어느 정도 불러올 때쯤 갑자기 떠오른 단어에 사로잡혀 음식을 제대로 즐기지 못했다. 나를 사로잡은 낱말은 바로 '징크스'였다. 처음이 좋아야 끝까지 좋다는 믿음은 아무리 봐도 '징크스'로 보였다. 보편타당한 원리라기보다는 아빠 개인 경험이 만들어 낸 믿음이었다.

아빠가 믿는 징크스를 내가 반박했지만 나도 징크스를 믿고 따르는 편이다. 나는 그림을 그리기 전에 연필을 칼로 정성스럽게 깎는다. 연필을 다 깎은 뒤에는 왼손으로 연필을 쥐고 '잘 그릴 수 있어'를 몇 번 되뇐인 뒤에 오른손으로 연필을 넘긴다. 연필을 깎지 않고 그림을 잡으면 좋은 작품이 안 나온다. 연필을 깎을 때는 연필깎이를 쓰지 않는다. 연필깎이로 연필을 깎은 뒤에 그림을 그리면 꼭 실수를 하기 때문이다.

내가 '징크스'란 낱말에 붙잡혀 맛 좋은 석갈비마저 제대로 즐기지 못한 까닭은 내 징크스와 아빠가 주장하는 믿음 사이에 다른 점을 찾을 수 없어서였다. 아빠 말은 옳지 않다. 그런 믿음은 어쩌다 맞을지 몰라도 늘 맞을 수는 없다. 그것은 징크스고, 징크스는 개인 경험에서 비롯한 근거 없는 믿음이다. 그렇다면 내가 그림을 그리기 전에 하는 행동도 징크스고, 내 개인 경험에서 비롯한 근거 없는 믿음이란 소리다. 민영 언니가 했던 말들이 떠올랐다.

'확률은 평등해!'

'인생은 확률이야!'

민영 언니가 한 말은 징크스에 대한 내 믿음을 예리하게 파고들었다. 내가 연필을 칼로 직접 깎고, 왼손으로 꼭 쥔 뒤에 오른손으로 넘겨야 작품이 잘 된다고 믿게 된 계기가 무엇인지 정확히 떠오르지는 않는다. 아마 그렇게 믿는 강렬한 경험을 했을 것이고, 아주 우연히 몇 번 반복되면서 그 믿음이 굳어졌을 것이다. 내가 그림을 그리기 전에 칼로 연필을 깎든, 왼손에 연필을 꼭 쥐든 작품과는 아무런 상관이 없다. 그 둘 사이에는 아무런 인과관계가 없다. 확률로 따졌을 때 일어날 법한 일이 일어났을 뿐인데, 나는 그 우연을 필연으로 여기고 엉뚱한 믿음을 굳세게 지켜 왔던 것이다.

석갈비를 맛있게 먹고 나와서 차를 타려는데 아빠가 둘레를 두리번거리며 살폈다.

"차 안 타고 뭐해?"

엄마가 물었다.

"여기 근처에 유명한 로또 명당이 있다고 해서……."

"로또 명당?"

"응, 인터넷에서 로또 명당으로 아주 유명한 곳 가운데 하나인데……, 이 근처가 맞는데 어디지?"

아빠는 엄마와 이야기하다 말고 혼잣말을 중얼거리더니 스마트폰을 뚫어지게 들여다봤다.

"무슨 로또에 명당이 있다고."

엄마가 아빠 어깨를 밀었다.

"아니야, 여기는 진짜라니까. 아, 저쪽이네! 잠깐 기다려, 다녀올게."

아빠는 엄마가 말릴 틈도 없이 빠른 걸음으로 사라져 버렸다.

나혜는 아빠가 그러든지 말든지 스마트폰만 들여다보았고, 엄마는 아빠가 사라진 쪽을 물끄러미 보더니 주머니에서 스마트폰을 꺼내 가게 앞 의자에 앉았다. 내 주머니에도 스마트폰이 있다면 나도 똑같이 행동했겠지만 나에게는 스마트폰이 없으니 그럴 수 없었다.

"징크스, 로또 명당, 징크스, 로또 명당!"

나는 가게 앞 정원을 거닐며 이렇게 중얼거렸다. 징크스와 로또 명당에 대한 믿음은 서로 관련이 있어 보였다. 나는 로또 명당이 있다는 믿음이 타당한지 따져 봤다. 곰곰이 따져 보니 로또 명당 따위가 있을 수가 없었다. 로또 명당이라는 곳은 우연하게 1등 당첨이 몇 번 겹쳐진 판매점이다. 확률로 따지면 일어날 만한 일이 일어났다. 로또 1등 당첨이 몇 번 겹쳤다고 명당이라는 신비로운 이름을 붙일 까닭은 없다.

그때 수학학원에서 선생님이 해 준 동전 던지기 확률 이야기가 떠올랐다. 물론 수학 문제집을 땅에 파묻기 전에 들은 말이다. 그 오래전 기억이 그 순간에 떠오른 건 순전히 우연이었다. 선생님은 동전 던지기 이야기를 해 주며 사람들이 흔히 저지르는 실수를 두 가지 짚어 주었다.

첫째는 확률을 신비로 착각하는 실수다. 동전을 던져 앞면과 뒷면이 나올 확률은 1/2로 똑같다. 그런데 어떤 곳에서 동전 던지기를 했는데 앞면이 내리 10번 나왔다고 치자. 그곳은 특별히 앞면이 많이 나오는 신비로운 곳일까? 전혀 아니다. 그냥 우연히 그렇게 되었을 뿐이다. 물론 확률로 따졌을 때 1024분의 1, 그러니까 0.1%도 안 되는 극히 드문 일이 벌어지긴 했지만 그렇다고 불가능한 일도 아니고, 일어날 수 있는 확률이기에 신비는 아니다.

둘째는 전혀 상관없는 일들이 서로 상관이 있다고 착각하는 실수다. 동전 던지기를 했는데 앞면이 내리 10번 나온 상황이라고 하자. 앞면이 10번 나왔으면 그 다음 번에는 뒷면이 나올 가능성이 앞면이 나올 가능성보다 더 높을까? 아마 내기를 건다면 상당수 사람들이 뒷면에 걸 가능성이 높다. 그렇지만 동전을 던져서 뒷면이 나올 확률은 앞에 앞면이 연속해서 10번 나오든 말든 여전히 1/2이다. 10번 연속으로 앞면이 나왔다고 해서 11번째 던질 때 뒷면이 나올 가능성이 올라가지는 않는다. 10번 동전을 던진 행위는 11번째 동전을 던지는 행위와 아무런 관련이 없다. 이 둘은 서로 이어서 벌어지기는 하지만 완전히 서로 독립되어 있다.

아빠는 로또 1등 당첨이 된 곳에 가면 1등에 당첨될 확률이 더 높다고 믿고 로또 명당이라 불리는 곳을 찾아갔다. 아무리 로또가 1등 당첨이 많이 되었더라도, 다시 그곳에 가면 로또 당첨이 잘 되리라는 보장은 없다. 확률로 판단해 보면 아빠가 한 행동은 그릇된 믿음일 뿐이다.

'수학을 모르는 자는 세계를 이해하지 못해!'

'자신이 알지 못한다는 사실도 몰라!'

민영 언니가 한 말이 또다시 뇌리를 강타했다.

수학은, 내가 땅에 파묻어 버린 수학은, 내 삶에, 아니 우리 삶에 큰 영향을 끼친다. 음식점을 고르고, 로또를 사고, 그림을 그리기 전에 연필을 깎고 꼭 쥐는 사소한 행동에도 영향을 끼친다. 아무 쓸모없다고 믿은 수학이, 물건 계산 외에는 쓸 데가 없다고 믿은 수학이, 사실은 아주 작은 생활에도 엄청난 영향을 끼치고 있었다. 그 순간 받은 충격은 이루 말할 수 없었다. 내가 인식하지 못하는 사이에, 수학으로 따지면 어리석거나 잘못된 판단을, 나는 얼마나 수없이 많이 저지르며 살았던 걸까?

로또를 산 아빠는 이미 1등에 당첨이라도 된 듯 밝게 웃으며 경쾌하게 걸어왔다. 행복해 하는 모습을 보니 우습기도 하고 안쓰럽기도 했다. 들뜬 아빠는 운전을 하면서도 연신 콧노래를 불렀다. 숙소로 돌아온 우리 가족은 다 같이 물놀이를 즐겼고, 저녁에는 또다시 맛있는 식당을 찾아서 밥을 먹었다. 저녁밥도 괜찮았고, 아빠는 그것 보라면서 으스댔다. 저녁을 먹고 엄마와 아빠는 카페에서 차를 마시며 이야기를 나눴고, 나혜는 방에서 스마트폰만 봤다.

이래저래 할 일이 없던 나는 둘레를 돌아다니며 산책을 했다. 지나가는 사람도 구경하고, 예쁘게 꾸며 놓은 정원도 감상하고, 숲으로 난 길을 거닐며 맑은 공기도 음미했다. 나를 짓누르던 고민도 걱정도 짐도 다 내려놓고 가볍게 걸었다. 중간에 약간 서늘해서 숙소에 들렀는데 나혜는 나에게 눈길도 주지 않고 스마트폰만 만졌다. 그런 나혜를 물끄러미 보다가 겉옷을 챙겨서 다시 나갔다.

가로등 불빛을 받으며 밤 공간을 마음껏 누렸다. 나를 아는 사람은 아무도 없는 공간에서, 아무에게도 마음을 쓰지 않고, 아무런 의무감도 없이 그저 묵묵히 걸었다. 한가한 걸음 위로 가벼운 풀벌레 소리가 박자를 맞추었다. 짜릿한 기쁨은 아니었지만 잔잔하고 포근한 행복이 화폭에 색이 번지듯이 스며들었다. 환한 불빛을 뿜내는 숙소를 봤다. 저 안에는 푸른빛에 눈을 빼앗긴 나혜도 있다.

'나혜는 이런 맛을 모르겠지?'

나도 모르게 묘한 뿌듯함이 찾아들었다. 스마트폰을 통해서는 결코 맛볼 수 없는 뿌듯함이었다. 어쩌면 스마트폰이 고장 나고, 새 스마트폰이 내 손에 들어오지 않은 사건이 나에게 좋은 결과로 이어질지도 모른다는 맑은 생각이 들었다. 스마트폰을 갖고 싶어서 나혜에게 휘둘리고, 엄마 눈치 보고, 억지로 수학을 다시 들여다보는 괴로움을 맛보는 내 처지가 웃겼다. 그 물건이 뭐라고, 그딴 전자기기 하나가 뭐라고, 내가 거기에 매달려 안절부절못한단 말인가?

"아~~~!"

기지개를 쭉 폈다. 쭉 뻗은 손처럼 상쾌한 기운이 몸 구석구석을 채웠다. 이 순간을 즐기기로 했다. 다음 주에는 또다시 학원에 쫓기며 개학 때까지 바쁘게 살아야 한다. 개학 이후에도 숨 돌릴 틈 없는 시간들이 나를 기다린다. 지금 이 시간이 올해 내가 누릴 수 있는 가장 큰 한가함이다. 다시 한 번 숨을 길게 들이마셨다. 도시에서는 맛 볼 수 없는 상쾌함이 몸과 마음을 신나게 건드렸다.

다음 날, 나혜는 노는 게 벌써 질렸는지, 아니면 스마트폰을 계속 만지고 싶어서인지 모르지만 숙소 밖으로 나오려 하지 않았다. 오후에는 물놀이장으로 나왔지만 잠깐 놀다가 들어가 버렸다. 나혜가 그러거나 말거나 나는 신나게 놀았다. 모처럼 엄마 아빠와 어울리며 물놀이를 즐기니 참 행복했다.

토요일 저녁, 아빠는 긴장하며 로또를 확인했다. 물론 당첨은 안 됐고, 아빠는 크게 실망했다. 아빠가 하도 시무룩해 하기에 엄마와 나는 아빠를 위로해 주려고 치킨을 사러 밖으로 나왔다.

"엄마! 아빠는 왜 그렇게 로또에 당첨되려고 애를 써?"

"직장인들이야 다 그렇지."

아빠는 해외출장을 많이 다닌다. 내가 어릴 때는 일 년에 반 이상을 해외에서 보내기도 했다. 지금은 그나마 많이 줄었다. 철없던 시절 나는 아빠가 해외여행을 자주 해서 좋겠다고 부러워하기도 했다. 그러다 철이 들고 아빠가 얼마나 힘들게 출장을 다니는지 알고부터 웬만하면 아빠를 힘들게 하는 일은 하지 않으려고 했다. 내가 아빠에게 스마트폰 이야기를 꺼내지 않은 이유이기도 하다.

"그래도 아빠는 꽤 연봉이 많지 않아?"

아빠가 출장 때문에 힘들어 하긴 하지만 돈을 많이 못 번다는 생각은 해 본 적이 없어서 한 질문이었다.

"아빠 연봉? 네가 아빠 연봉은 어떻게 알아?"

"전에 인터넷에서 여러 회사 평균 연봉을 소개해 주는 기사를 봤는데 거기에 아빠 회사 연봉도 나왔어. 아빠가 다니는 회사 평균 연봉이 꽤나 높았던 기억이 나."

"그거야… 평, 균, 이니까 그렇지."

엄마는 '평균'을 곧바로 발음하지 않고 '평'과 '균'을 끊어서, 비꼬는 투로 말했다. 엄마가 평균을 강조한 까닭이 무엇 때문인지 헤아리지 못해서 물어보려고 하는데, 치킨 가게에 도착해서 묻지 못했다. 치킨을 주문하고, 계산을 한 뒤에 의자에 앉아 잠시 기다렸다.

"평균이니까 그렇다니, 무슨 뜻이야?"

내가 물었다.

"말 그대로 평균만 높다는 말이야."

"아빠는 직책도 꽤 높을 텐데, 그럼 평균이 높으니까 아빠 연봉도 높아야 되는 거 아냐?"

"평균에 속아서 다들 그렇게 믿지."

"속임수라니, 무슨 말인지 모르겠어."

엄마는 어떻게 설명해 줄까 궁리하다가 치킨 가격표를 가리켰다.

"우리가 사는 치킨이 16,000원이야. 그 옆에 양념이 17,000원. 거의 다 가격이 엇비슷하지. 만약 저기에 100,000원짜리 치킨이 있다고 쳐 보자. 그럼 평균이 어떻게 될까?"

"십만 원 때문에 평균이 확 올라가겠지."

그때 문득 깨달음이 왔다.

"아~! 몇몇 고액 연봉자들 때문에 평균이 올라갔구나!"

"이제 제대로 이해하네."

엄마는 빙그레 웃고는 치킨을 받으러 일어섰다.

치킨을 들고 숙소로 걸어가면서 나는 평균연봉을 소개한 기사를 다시 떠올렸다. 그 기사는 따지고 보면 아주 못된 속임수를 쓴 셈이었다. 평균만 보고 그 회사에 다니는 모든 사람이 그 정도 수준일 거라고 믿게 만들었기 때문이다. 평균은 회사에 다니는 사람들이 얼마나 많은 돈을 버는지 알려 주지 않는다. 몇몇이 많은 돈을 받으면 평균이 확 올라가기 때문이다. 이런 속임수를 그 신문사만 사용했을까? 어쩌면 내가 접하는 수많은 숫자들에도 그런 속임수가 있지 않을까?

얼마 전 사회 수업 때 선생님이 우리나라가 곧 1인당 국민소득 3만 달러 시대를 맞을 거라면서 우리나라 경제가 크게 발전했다고 설명했던 장면이 떠올랐다. 1인당 국민소득 3만 달러도 평균으로 만들어 낸 숫자다. 그렇다면 아빠 회사 연봉처럼 아주 잘 사는 몇몇 사람 때문에 평균이 엄청나게 올라간 것은 아닐까? 1인당 국민소득은 우리나라 사람들이 얼마나 잘 사는지 나타내 주는 통계가 아니라, 가난한 사람들이 많다는 사실을 교묘하게 감추는 데 이용되는 통계는 아닐까?

생각해 보니 학교 성적도 평균으로 내는데 그래도 될까? 내가 잘하는 과목이 있고, 못하는 과목이 있는데 평균으로 성적을 내면 내가 무엇을 잘하는지 못하는지 드러나지 않는다. 나 같은 경우 수학 점수 때문에 평균이 한참 내려가 버린다. 미술도 여러 영역이 있다. 내가 잘하는 영역도 있고, 못하는 영역도 있다. 미술 실력을 평균으로 측정한다면, 그거야말로 멍청한 짓이다. 어쩌면 다른 과목들도 마찬가지가 아닐까?

평균이 이렇게 문제가 많은 통계 방법인데 왜 평균을 쓰는 걸까? 설마 전문가나 선생님들이 평균이 교묘한 속임수이며, 잘못된 방법임을 모를까? 아니면 알면서도 계속 쓰는 걸까? 나는 엄마 말을 듣고 평균이 문제가 많다는 사실을 깨달았지만, 어쩌면 평균 말고도 다른 통계 방식에도 내가 모르는 속임수가 쓰이지 않을까? 남들을 설득하기 위해 제시되는 수많은 숫자들은 과연 제대로 된 방식으로 만들어진 것일까?

세상을 꽉 채운 숫자들에 모조리 의문이 생겼다. 수학을 제대로 모르는 사람이라면 그런 숫자들에 쉽게 속아 넘어갈 수밖에 없다. 내가 바로 그런 사람이었다. 만약 숫자로 교묘하게 속임수를 쓰는 사람들이 있다면, 나 같은 사람은 얼마나 만만해 보일까? 갑자기 소름이 끼쳤다. 내가 땅에 파묻은 수학 문제집이 귀신이 되어 나를 괴롭히는 장면도 상상했다.

'수학을 모르면 사람이 어리석어져!'

'어리석은 짓을 하면서 스스로 어리석은 줄도 몰라!!'

민영 언니가 한 말이 또다시 천둥처럼 울렸다.

[08]
위대한 $\sqrt{2}$

　어김없이 월요일은 왔다. '가혜 수학해방일' 2주년을 하루 앞둔 날이다. 삶은 다시 이어지고 미술학원과 영어학원은 다시 내 삶을 꽉 채웠다. 그 어떤 휴가보다 재미나게 즐기고, 뿌듯한 시간을 보냈기에 휴가를 마치고 돌아온 월요일이었음에도 힘들지 않았다. 새로운 활력이 내 안을 채웠다.

　미술 수업은 그 어느 때보다 즐거웠다. 새로운 작품을 구상하고 그렸는데 오래도록 지켜왔던 습관을 버렸다. 연필을 연필깎이로 깎았고, 깎은 뒤 바로 오른손으로 그림을 그렸다. 고집했던 습관을 버렸지만 아무런 문제도 생기지 않았다. 문제가 생기지 않았을 뿐 아니라 내가 그 전까지 그린 그 어떤 작품보다 뛰어난 결과물을 얻었다. 내가 그렸음에도 스스로 놀랄 정도였다. 민영 언니와 선생님들이 모두 와서 감

떡볶이를 두고, 밥정식을 먹다

탄을 했다. 쏟아지는 칭찬에 뿌듯했고, 징크스를 떨쳐 버린 내가 대견스러웠다. 수학이 내 삶을 좋은 쪽으로 바꾼 첫 사건이었다. 수학은 늘 내 삶에 나쁜 일만 생기게 한다고 믿었는데, 그 징크스도 깨 버렸다.

저녁에 30분 빨리 집에 가려고 과제를 서두르지도 않았다. 나혜를 어떻게 해 보겠다는 마음은 휴가를 다녀오면서 완전히 접었다. 나혜 일은 그냥 나혜와 엄마에게 맡기기로 했다. 나혜가 수학이 싫어서 미술을 하든 말든 상관하지 않기로 했다. 엄마가 끝내 스마트폰을 사 주지 않는다고 해도 괜찮았다. 점점 스마트폰 없는 생활에 익숙해졌고, 어쩔 때는 스마트폰이 없어서 더 좋기도 했다.

갈등은 그대로였고 아무도 바라는 바를 이루지 못했지만 집안을 짓누르던 긴장감은 눈에 띄게 누그러졌다. 나혜와 엄마는 데면데면하게 서로를 대했다. 나혜는 나와 같이 저녁밥을 먹었고 영어학원도 거부하지 않았다. 엄마는 여전히 나혜가 수학학원에 다시 가기를 바랐지만, 강력하게 밀어붙이지는 않았다. 시한폭탄이 터지기 전에 찾아오는 고요함인지, 아니면 폭탄이 해체된 뒤에 찾아오는 안도감인지는 불확실했지만 아무튼 긴장이 누그러지니 좋았다.

영어학원에서는 오랜만에 만난 연지와 휴가 이야기를 실컷 나눴다. 연지는 휴가 때 찍은 사진을 수십 장 보여 주었고, 나는 사진이 없었기에 말로 모든 걸 표현했다. 사진이 없었기에 내가 보고 느낀 점을 연지에게 알려 주려고 낱말을 세세하게 골라서 묘사했다. 그 때문인지 몰라도 사진으로만 즐거움을 표현한 연지보다 내 즐거움이 훨씬 풍성했다. 내 말을 듣던 연지는 내가 보낸 휴가를 부러워하기까지 했다. 휴가 때 스마트폰에 붙잡혀 휴가를 제대로 즐기지 못하는 나혜를 보며 스마트폰이 없는 삶이 나쁘지만은 않다고 느꼈는데, 연지와 이야기를 나누면서 그 느낌을 다시 확인했다.

물론 스마트폰이 없는 아쉬움이 아예 없지는 않았다. 바로 현준이 때문이었다. 영어학원 쉬는 시간에 연지 스마트폰을 빌려서 현준이에게 문자를 보내려다 그만두었다. 연지 스마트폰을 쓰는 게 내키지 않았다. 연지 스마트폰으로 보내는 문자가 현준이와 거리감을 좁히는 데 도움이 되지 않을 듯했다. 어쩌면 역효과만 날 수도 있었다. 직접 얼굴을 맞대고 이야기를 나누지 않으면 풀릴 거리감이 아니었다. 다시 만날 때까지 현준이와 이어진 가는 끈이 끊어지지 않기만 바랐다.

둘째 쉬는 시간에 연지가 오더니 수업 끝나고 잠깐 시간 좀 내줄 수 있느냐고 물었다.

"왜? 무슨 일 있어?"

"윤희 때문에."

윤희 이름을 들으니 저절로 떡볶이가 떠올랐다. 부산하게 움직이던 손과 쉴 새 없이 떠들던 입도 떠올랐다. 다시는 겪고 싶지 않은 만남이었다.

"윤희가 고민이 많아서 힘들어 해."

"걔가? 윤희 같은 애도 고민을 해?"

"걔는 사람이 아니니? 고민이 뭔지 조금 들었는데 솔직히 혼자서는 감당하지 못하겠어.”

다시 만나고 싶지 않은데…….

“같이 가 줄 거지?”

연지가 부탁하는데 거절할 수는 없었다.

영어학원이 끝나고 나혜를 미리 보낸 뒤에 학원 가까운 곳에 있는 분식가게로 연지와 함께 갔다. 윤희는 이미 와서 떡볶이를 먹고 있었다.

“배가 고파서 어쩔 수 없었어. 배고프지 않다가도 떡볶이만 보면 허기가 져. 너희도 먹고 싶은 거 시켜 먹어. 떡볶이는 인류가 만든 가장 멋진 음식이야.”

윤희는 부산스럽게 먹으며 입을 쉴 새 없이 놀렸다. 말을 할 때마다 손을 휘휘 젓고, 얼굴 표정이 수없이 바뀌었으며, 말도 엄청 빨랐다. 예전에 만났을 때와 조금도 다르지 않았다. 아무리 봐도 감당하기 힘든 고민에 빠진 애 같지는 않았다. 어쩌면 무거운 고민도 떡볶이 덕분에 가벼워졌을 수도 있다.

떡볶이를 먹기만 해도 누그러지는 애가 늘어놓는 이야기를 듣고 싶지는 않았다. 괜히 연지를 따라왔다는 후회가 밀려왔다. 복습에 밀린 영어 숙제에 단어 암기까지 하려면 얼마나 늦게 자야 하는지 어림해 보니 막막했다. 오래 있고 싶지 않았기에 나는 김밥 한 줄만 시켰는데, 연지는 요리 시간도 길고 먹는 데도 오래 걸리는 쫄면을 시켰다.

“배부른데…… 떡볶이 양념을 이대로 버릴 수는 없고…….”

윤희는 혼자 중얼거리더니 김밥 한 줄을 더 시켰다. 김밥이 나오자 윤희는 김밥을 떡볶이 양념에 찍어 먹었다. 떡볶이 양념을 먹으려고 김밥을 시키다니, 아무도 못 말릴 떡볶이 사랑이었다. 윤희는 김밥과 떡볶이 양념을 다 먹더니 물을 한 잔 들이키고는 두 팔을 늘어뜨렸다.

"아, 기분 좋다."

아무리 봐도 큰 고민을 하는 애가 아니었다.

'떡볶이 먹고 고민은 다 해결된 듯하니 우리는 가도 되지?'

이렇게 말하고 일어서고 싶었다. 물론 그러지 못했다.

나는 김밥을 다 먹었는데 연지는 느리게 쫄면을 먹었다. 연지는 뭐를 먹든 천천히 먹는다. 한입 한입 맛을 음미하면서 먹는데 여느 때 같으면 괜찮지만 늦은 저녁에, 해야 할 일이 산더미인 상황에서 마냥 기다릴 수는 없었다. 연지 부탁 때문에 왔지만 나는 둘이 나누는 이야기에 끼어 들 마음이 없었다. 그냥 듣기만 하다가 갈 생각이었는데, 그랬다가는 한 없이 늘어질 듯했다.

"연지 말로는 고민이 있다고 하던데, 무슨 고민이야?"

너 같은 애도 힘든 일이 있니 하고 덧붙이려다 꾹 참았다.

윤희 같은 우등생이 하는 고민을 해결해 주고 싶은 마음도, 해결해 줄 능력도 내게는 없었다. 대충 들으며 몇 번 고개를 끄덕이고는 힘내라고 하면서 끝낼 계획이었다.

"공부가 지겨워져서."

입만 열었다 하면 폭포수처럼 말을 쏟아 내는 윤희였는데, 단 두 마디로 고민을 말하고는 입을 다물어 버렸다. 윗입술로 아랫입술을 덮은

164

채 입을 열지 않았다. 시시각각 변하던 얼굴빛은 딱딱하게 굳은 채 움직이지 않았다. 말만 하면 하늘을 휘휘 날아다니던 손도 무릎 위에 가지런히 놓인 채 꿈쩍도 안했다. 윤희는 동상이 되어 앉아 있었다. 지겹다는 말과 단단하게 굳어 버린 몸이 어울리지 않았다. 지겨우면 몸이 굳어지기보다는 축 늘어지는 법이다. 진짜 고민은 지겨움이 아니라는 판단이 들었다. 지겨움이란 포장지에 가려진 진짜 고민이 무엇일지 궁금했다.

이 만남을 빨리 끝내려면 '지겹구나! 그래, 지겨울 때가 있지' 하고 맞장구를 쳐준 뒤, '힘내, 어쩌겠어!'로 마무리하면 되었다. 그러나 궁금증이 생기면 참지 못하는 됨됨이를 이겨 내지 못하고, 굳이 안 해도 되는 쪽으로 대화를 이끌어 가고 말았다. 대화가 길어질수록 잠자는 시간이 늦어지는데…….

"그냥 지겨워 보이지는 않는데?"

"그냥 지겨워 보이지 않다니……?"

"지겨우면 귀찮아서 아무것도 하기 싫잖아. 소파 같은 데 늘어져서 멍하니 TV나 보고, 침대에 누워서 하릴없이 천장에 있는 무늬 개수나 세고, 눈은 축 늘어지고, 팔에도 힘이 없고, 맛있는 음식도 먹기 귀찮고, 뭐 그렇잖아."

"내가 떡볶이를 맛있게 먹어서 그런 거야?"

"아니!"

"그럼 뭐?"

윤희가 도발하듯이 물었다.

윤희는 잔뜩 긴장한 채, 건드리면 물어 버리려고 작정한 사냥개 같았다.

"몸이 딱딱하게 굳었잖아. 내 말에도 지나치게 긴장하고. 그건 지겨워하는 사람이라기보다는 잔뜩 화가 난 사람처럼 보여. 화를 내고 싶은데, 화를 낼 수는 없고, 마땅히 화를 낼 대상도 없는 상태. 뭐 직감이긴 하지만……."

당장 대들 듯하던 윤희는 아무 말도 못 했다. 나를 노려보던 눈빛이 흔들렸고, 이내 맥이 풀리듯 축 처졌다.

"네 말이 맞아."

윤희가 풀이 죽은 목소리로 말했다.

연지는 쫄면을 먹던 젓가락을 내려놓았다.

"화가 나! 정말 화가 나! 나도 모르겠어. 나도 나를 잘 모르겠어. 왜 이렇게 화가 나는지, 그냥 조금 힘들 뿐인데, 아니 힘들지도 않아. 나는 늘 그렇게 공부했으니까, 그냥 그렇게 날마다, 문제 풀고, 암기하고, 숙제하고, 학원에서 수업 듣고, 한밤중까지 공부하고, 늘 그렇게 살았는데, 갑자기 다 귀찮아졌어. 내가 뭐하고 있나 싶어. 방학 내내 과학과 수학을 붙들고 사는데, 대학교에 가면 배운다는 수학과 과학까지 배우는데, 내가 도대체 이걸 왜 하지? 과학고에 가려고 내가 이렇게까지 해야 하나? 이렇게 다 미리 배우면, 과학고에 가서는 뭘 배우지? 그러면서 막 화가 났어. 누구를 향한 화도 아니고, 어쩌면 나를 향한 화인지도 모르겠지만, 그냥 어떻게든 화를 쏟아 내고 싶은데, 어디에도, 누구에게도, 화를 낼 데가 없어. 그러니 더 미치겠고. 오늘도 기계처럼 문제를 푸는데, 수업은 따라가는데, 시험 문제는 전부 맞아서 이제 선생님들도 당연하게 여기는데, 짜증이 나서 미치는 줄 알았어. 그래서 연지한테 만나자고 했는데……. 누구에게라도 토해 놓지 않으면 나중에는 화산처럼 터져 버려서, 그때는 나조차 감당할 수 없을지도 몰라서. 지겹고, 화가 나. 어찌할 바를 모르겠어. 그게 더 미치겠어!"

아무리 봐도 내가 감당할 고민이 아니었다. 민영 언니쯤 되면 어떻게 해 줄 수 있을지 모르지만, 나로서는 해 줄 말이 없었다. 지겹다는 말을 들었을 때 가볍게 위로하고는 끝내 버려야 했는데, 괜히 다른 이유를 캐물은 게 후회스러웠다. 만약 연지가 이런 고민을 한다면 아무리 시간이 오래 걸려도 끝까지 들어주고, 아무리 무거운 고민이라도 같이 짊어지겠지만, 윤희에게는 그러고 싶지 않았다. 연지는 내 친구지만 윤희는 내 친구가 아니기 때문이다. 대충 마무리하고 집에 가고 싶었다.

"그래도 너는 늘 100점을 맞잖아. 100점 맞는데 안 즐거워? 나는 내가 답을 골라 놓고도 맞는지 확신이 없어서 늘 걱정인데……. 몇 점 맞을지 늘 가슴 졸여야 하고."

공부에 관해서 말하자면 내가 훨씬 더 비참하고 괴로운데, 너는 공부도 잘하면서 힘들어 하다니, 그런 배부른 고민은 그만하는 게 어떠니 하는 말이었다.

"가끔 즐겁지. 아니 옛날에는 즐거웠어. 요즘은 100점을 맞아도 전혀 즐겁지 않아. 시험을 볼 때마다, 다들 나는 100점을 맞겠거니 해. 그러니 하나라도 틀리면 어쩌나 하는 걱정이 들어. 실수로 틀리면 어떻게 하지? 틀리면 얼마나 크게 실망할까? 혹시 내 노력이 모자라서 그럴까? 나도 실수할 수 있는데……, 나도 모를 수 있는데……, 그러다가 맞으면… 불안에서 벗어나 잠깐 안도하고, 그 뒤에 또다시 불안이 찾아오고."

배부른 고민하지 말라고 쏘아붙여 주고 싶었는데, 윤희 말을 듣다 보니 안쓰러웠다. 나와는 결이 다른 괴로움이긴 하지만, 그 괴로움이 결코 가벼워 보이지 않았다.

"너 같은 애는 공부 걱정 안 해서 좋겠다고 생각했는데, 아니구나."

"너희들이 들으면 배부른 소리한다며 비웃으리라는 걸 나도 알아."

"비웃지 않아. 배부른 고민도 아니고. 나름 다 고민하고 힘들잖아. 누구는 괴롭고, 누구는 괴롭지 않은 고민 따위는 없다고 생각해."

"그건 가혜 말이 맞아."

연지도 내 말을 거들었다.

"과학이 싫어. 수학도 싫고. 기계처럼 문제를 풀어 대는 내가, 짜증나! 내가 하고 싶어서 했는데, 내가 과학고에 가고 싶다고 해서 선택했는데, 왜 이렇게 짜증이 나고 화가 나는지 모르겠어."

"힘들어서 그런 게 아닐까? 너도 사람인데 지나치게 무리했잖아."

연지가 윤희를 위로했다.

"모르겠어. 몸은 그렇게 힘들지 않은데, 어릴 때부터 늘 이렇게 해 와서 힘든 줄 모르겠는데⋯⋯."

"힘들지, 왜 안 힘드냐? 내가 볼 때 너는 그야말로 철인처럼 살았어, 철인처럼!"

연지는 지쳐서 그런 거라고, 조금 쉬면서 하면 괜찮을 거라고 거듭 말했고, 윤희는 처음에는 아니라고 하다가 점점 수긍을 했다.

나도 연희 말이 어느 정도 일리가 있다고 여겼다. 쉼 없이 달리면 아무리 좋은 자동차도 고장이 난다. 아무리 강철 체력에 굳센 의지를 지닌 사람이라도 쉼 없이 공부하고, 일하면 어느 순간 지치고, 심하면 쓰러지고 만다. 윤희는 자기 말마따나 아주 어릴 때부터 당연하게 공부만 해 왔다. 틈만 나면 학원에 가고, 숙제를 하고, 암기를 하고, 문제를 풀었다. 그런 생활이 몸에 배었고 아무렇지 않게 견뎌왔다. 자신도 모르게 몸과 마음이 지쳤을 수밖에 없다.

그렇지만 그게 다일까? 정말 쉼 없이 달려온 탓에 살짝 고장이 난 자동차일 뿐일까? 잠깐 쉬면서 수리를 하면 다시 힘차게 달릴 수 있을까? 또다시 이런 일을 겪지 않고 끝까지 나아갈 수 있을까?

시간을 확인했다. 많이 늦었다. 잠들기 전에 내게 주어진 과제를 다 해낼 수 있을지 걱정스러웠다. 그쯤에서 끝내고 집에 가고 싶은 유혹을 떨쳐 냈다. 윤희를 도와주고 싶었다. 도움이 될지 모르지만⋯⋯.

"있잖아, 내 생각엔⋯⋯."

조심스럽게 말을 꺼냈다.

"내 경험에 비춰 보면, 다른 원인도 있지 않을까 싶은데."

윤희에게 내 경험을 들려주기 싫었지만, 어쩔 수 없었다.

"나는 정말 수학이 싫었어."

수학이 싫다는 문장에 현재형이 아니라 과거형을 썼다. 아주 자연스럽게 '었'이 붙었다. 수학을 대하는 내 감정이 이렇게 바뀌다니, 스스로도 잘 믿기지 않았다.

나는 윤희에게 나와 수학에 얽힌 역사⑪를 간략하게 들려주었다.

"지금은 예전처럼 수학이 싫지는 않아. 민영 언니를 만나고 수학에 대한 감정이 바뀐 걸 보면 수학을 좋은 선생님께 배웠다면 수학을 혐오하는 수준까지는 안 갔을 거야."

"그럼 다시 수학 공부를 할 생각이야?"

윤희가 물었다.

"에이, 무슨 그런 말을······."

나는 다급하게 손사래를 쳤다.

손사래 치는 내 모습이 웃겼는지 윤희와 연지가 웃음을 터트렸다.

"민영 언니를 만나면서 나는 수학을 왜 배워야 하는지 알게 됐어."

"좋은 대학에 가야 하니까."

윤희가 차갑게 대꾸했다.

"아, 물론 그렇기도 하지만······."

수학을 배워야 하는 이유를 설명하려다 오늘 낮에 겪은 일이 생각나 말을 돌렸다.

"오늘 아주 흥미로운 경험을 했어."

미술학원이 끝나고 집으로 걸어가던 길이었다. 보도블록 모양에 맞춰 발을 내딛으며 걷다가 낯선 신비로움에 사로잡혔다. 왜 그런 생각이 떠오르고, 그게 왜 신비롭다는 감탄으로 이어졌는지는 나도 잘 모르겠다. 어쩌면 어떤 수학 선생님이 해 주신 이야기가 무의식 속에 묻혀 있다가 그 순간 떠올랐을 수도 있고, 민영 언니가 끼친 영향 때문일 수도 있다. 아무튼 길을 걷다가 네모반듯한 정사각형 보도블록에서 수학이 지닌 신비로움을 만났다.

"한 면이 1인 정사각형 보도블록이 있어. 1은 가장 기본이 되는 숫자야. 측정이 가능한 숫자고. 그런데 그 대각선은 $\sqrt{2}$ 야. 잘 알겠지만 $\sqrt{2}$ 는 1.4142…로 끝없이 나아가는 무리수야."

윤희처럼 수학을 잘하는 우등생에게 내가 수학을 설명하다니 많이 어색했지만, 꾹 참고 말을 이어 나갔다.

"그게 뭐 어때서?"

"바로 그거야. 그게 뭐 어때서……."

"무슨 말이야?"

"무척 신비롭지 않아?"

"뭐가 신비롭다는 거야?"

윤희가 미간을 심하게 찌푸렸다.

"측정 가능한 길이를 지닌 1과 1이 직각으로 만났는데, 측정할 수 없는 값이 나왔잖아."

연지도, 윤희도 아무런 반응을 안 했다.

"가장 단순한 숫자인 1과 1사이에 신비한 숫자가 숨어 있잖아. 그 숫자 이름은 $\sqrt{2}$, 제곱해서 2가 되는 수, 제곱을 하면 2가 되는데 그냥 놔두면 소수점 아래로 끝없이 이어지는 숫자, 세상에 그런 숫자가 있다는 게 신비롭지 않아? 어떻게 해서 그런 숫자가 존재할까?"

연지는 여전히 반응이 없는데, 윤희 눈빛은 심하게 흔들렸다.

"1과 1이 만들어 내는 신비로움을 우리는 단 한 번도 제대로 음미한 적이 없어. 그냥 $\sqrt{2}$가 있다고 하니 그런가 보다 받아들이고, 제곱하면 2가 된다고 하니 제곱을 해서 2인 줄 알았어."

바로 그때 윤희 얼굴빛이 급격하게 바뀌었다.

"네 말이 맞아. 그래, 맞아. 정말 신비로워. 신비로운 현상이야!"

목소리도 들떴다.

"나는 사람이 아니라 기계였어. 그래서 짜증이 났던 거야. 나는 사람인데, 기계처럼 문제만 푸는 상황이 끔찍하게 싫고 짜증이 났어. 과학도 그래. 자연에 담긴 신비를 깨닫기보다 더 어려운 문제를 더 빨리 푸는 데만 골몰했어. 바로 그거였어."

딱딱하게 굳어 있던 몸에서 긴장이 싹 빠져나가고 말랑말랑한 기운이 돌았다.

"내가 뭘 놓쳤는지, 이제 알겠어."

윤희 손이 빈 공간으로 움직였다.

"세상에 존재하는 모든 삼각형을 각도기로 다 재지 않아도 삼각형

내각은 180도임을 증명으로 밝혀내는 게 수학이야.”

윤희 손은 다시 휘휘 날아다니고, 얼굴은 수시로 표정이 변했다. 그게 윤희였고, 윤희다움이었다. 윤희가 하는 말이 무슨 뜻인지 다 알아듣기 어렵다는 게 유일한 흠이긴 하지만.

“한 번 증명하면 지구뿐 아니라 우주 어디서나 다 맞아. 상대성을 벗어난 절대법칙, 수학은 완전해.”

윤희는 뭔가에 홀린 듯 몽롱한 표정을 지었다.

“허수를 봐! 존재하지 않지만 존재하는 숫자라니, 얼마나 신비로워!!”

한참 주절주절 떠들던 윤희가 벌떡 일어났다.

“고마워. 오늘 이 은혜는 잊지 않을게.”

웃음이 함박꽃으로 피었다.

“나중에 연지와 같이 떡볶이 먹으러 가자. 내가 맛 본 가장 맛있는 떡볶이집이 있는데, 너한테 꼭 소개해 주고 싶어.”

갑자기 떡볶이를 먹으러 가자니, 정말이지 윤희는 종잡을 수 없는 성격이었다.

어쨌든 도움이 됐다니 나로서는 무척 기뻤다. 그리고 떡볶이를 미친 듯이 좋아하는 윤희가 가장 맛있다고 한 떡볶이라면, 꼭 먹어 보고 싶었다.

8월 15일은 우리나라가 일본 식민지 지배에서 벗어난 대한민국 독립기념일, 하루 앞인 8월 14일은 내가 수학 감옥에서 벗어난 가혜 수학해방일이다. 작년 8월 14일은 아주 성대한 기념식을 치렀다. 물론 아무도 모르게 혼자서만 성대하게 치른 기념식이었다. 용돈을 아껴 나를 위한 선물을 사고, 초콜릿 조각 케이크도 사고, 듣고 싶은 음반도 샀다. 음악을 틀어 놓고 초콜릿 케이크를 먹으며 나에게 선물을 주었다. 1주년을 축하하는 뜻을 담은 기념 작품도 그렸다. 그날 그린 기념 작품은 액자 속에 담겨 지난 한 해 동안 내 방 벽에 걸려 있었다. 1주년 기념 작품을 볼 때마다 수학에서 벗어나 자유를 누리는 나를 축복했다.

어젯밤, 윤희와 길게 이야기하는 바람에 집에 늦게 왔고, 그만큼 늦게 잠 들었고 아침에 일어나는 시간도 늦었다. 가혜 수학해방일 2주년이 밝았고, 나는 상쾌하게 깨어났다. 창문을 열고 밝은 햇살을 마시며 수학해방일 2주년을 어떻게 치를지 계획을 세웠다. 작년에는 며칠 전부터 계획을 세우고 치밀하게 준비했지만, 올해는 워낙 정신이 없어서 2주년 기념식을 어떻게 할지 미처 계획을 세우지 못했다. 작년처럼 성대하게 치르지는 못하겠지만 나름 뜻 깊은 기념식을 치르고 싶었다. 이런저런 계획을 떠올렸다 지우기를 거듭하며 즐거운 상상에 빠져 있는데, 엄마가 내 이름을 크게 부르는 소리가 들렸다.

"엄마! 왜?"

엄마는 말 대신 방문을 두드렸다. 곧이어 문이 빼꼼 열리고 전화기가 고개를 내밀었다.

"연지 전화야."

전화기를 건네주고 엄마 손이 사라졌다.

"여보세요."

여보세요 소리가 끝나기 무섭게 연지가 다급하게 말했다.

"가혜야! 가혜야! 어떡하니?"

"뭐야? 왜 그래?"

"어제, 피곤해서 집에 오자마자 잠들었는데……."

"잠들었는데 뭐?"

"아침에 일어나서 문자를 확인했거든, 근데……."

연지답지 않게 답답하게 굴었다.

"너 지금 밥 하니? 자꾸 뜸들이게."

"그게 말이야, 문자를 봤는데……."

"봤는데 뭐?"

"현준이가……."

갑자기 심장이 고장 난 자동차처럼 덜컹거렸다.

"한밤중에 보낸 문자를 확인했는데……."

입술이 스마트폰 진동처럼 떨렸다.

"너한테…, 그만 끝내자고…, 전해 달래."

예상했던 말이었다. 끝내자는 말을 방학 끝날 때까지는 듣고 싶지 않았는데……. 그런데 이상했다. 끝내자는 말을 들으면 굉장히 힘들 줄 알았는데, 막상 전해 듣고 나니 무덤덤했다. 덜덜거리던 심장도, 떨리던 입술도 아무렇지 않게 제자리로 돌아왔다. 그 순간 나는 이런 상황에 대비해 철저하게 연습한 사람처럼 굴었다.

'끝내자고? 언제 우리가 사귀기라도 했대?'

이 말을 연지에게 하려다 지워 버렸다.

"괜찮아! 걱정 마!"

"너 정말 괜찮아?"

"솔직히, 나도 현준이 별로였어."

물론 '별로'라는 말은 거짓이다. 현준이는 내가 본 남자애 중에, 저 먼 세상에 사는 아이돌을 빼고는, 가장 괜찮았다.

"현준이가…, 좀…, 그치…!"

"치사하게 너한테 문자 남기냐? 하려면 나한테 직접 하지."

떡볶이를 두고, 밥정식을 먹다

"그러게 말이야."

연지는 역시 내 친구였다. 어떡하든 내 기분을 맞춰 주려고 했다.

"윤희가 빨리 떡볶이 먹을 날짜 잡으래. 걔는 성질이 불 같아서 뭐든 빨리빨리 해치워야 직성이 풀려."

"내일 보자. 내일이 광복절인데 대한독립 만세 부르면서 떡볶이나 먹지 뭐."

"그래, 만세 부르면서 떡볶이나 먹자. 떡볶이 만세!"

우리는 깔깔거리면서 전화를 끊었다.

가장 기쁜 날, 첫 선물로 가장 아픈 소식을 받았다.

내 심장 곁으로 맨 처음 찾아들었던 남자는, 제대로 손 한 번 잡아 보지 못한 채, 마주보며 밥 한 끼 먹어 보지 못한 채, 나란히 앉아 영화 도 한 편 못 본 채, 그렇게 사라져 버렸다.

씁쓸했지만 슬프지는 않았다.

나는 덤덤하게 아침을 먹고 미술학원도 여느 때와 다름없이 갔다. 미술 수업은 어제와 다름없이 좋았고, 손끝에서 빚어지는 작품들도 만족스러웠다. 민영 언니는 여전히 친절하고 다정했으며, 선생님들도 다 좋았다. 함께 어울려 점심을 먹는 시간도 행복했다. 수다가 끊이지 않 았고, 간간이 웃음도 터졌다. 오후 수업과 실습을 할 때도 집중력이 흐 트러지지 않았다. 실습 과제는 조금 서둘러서 끝냈다.

정해진 시간보다 30분 먼저 미술학원을 나선 나는 아파트 단지 뒤에 있는 야산으로 갔다. 사람들이 잘 다니지 않는 곳, 잡목이 우거진 곳 앞에서 멈춰 섰다. 두 해 전 오늘, 내가 수학 문제집을 땅에 묻은 곳이었다. 까만 포장지로 수학 문제집을 싸고, 비닐로 한 겹을 더 싼 뒤에 까만 끈으로 묶었던 장면이 떠올랐다. 수학 문제집을 묻으며 같이 묻은 종이와 초코π도 떠올랐다. 잡목 숲을 물끄러미 바라보며 잠시 동안 내 결심을 실천할지 말지를 두고 망설였다.

"이런 날이 올 줄은……."

결심을 굳힌 나는 집에서 챙겨온 모종삽을 가방에서 꺼냈다.

수학 문제집을 파묻은 곳은 두 해가 지났지만 헷갈리지 않았다. 조금 잡풀이 자라 있었지만 땅을 파기는 어렵지 않았다. 얼마 파지 않아서 약간 낡고 헤진 비닐이 보였다. 비닐 위에 놓았던 종이와 초코π는 흔적조차 보이지 않았다.

나는 겉을 싼 낡은 비닐을 벗겼다. 까만 비닐은 벗기려다 말았다. 까만 비닐에 싸인 수학 문제집을 들고 집으로 왔다. 땅에서 파낸 수학 문제집을 방에 두고 영어학원에 갈 가방을 챙긴 뒤 저녁밥을 먹고 영어학원으로 갔다. 연지가 나를 살피며 위로를 하려는 기색이 보이기에 되도록 활기찬 표정을 지어 보였다. 물론 억지는 아니었다. 나는 우울하지 않았다.

집에 가는 길에 초콜릿 조각 케이크를 샀다. 수학해방일 2주년 기념 선물이자, 다시 맞이한 수학 문제집을 위한 환영 선물이었다. 집에 돌아와서는 영어 복습을 하고, 숙제를 하고, 영어 단어를 외운 뒤에 비닐을 뜯었다.

약간 눅눅했지만 2년이나 땅에 묻혀 있던 책이라고는 믿기지 않을 만큼 깔끔한 수학 문제집이 내 눈앞에 나타났다. 초콜릿 조각 케이크를 수학 문제집 위에 올려놓았다.

"다시 온 걸 환영해. 내가 너희들을 다시 붙잡고 씨름할 계획이 아직은, 그래 아직은 없어. 그렇지만 너희들을 땅에 묻어 두고 싶지는 않았어. 아무튼 너희들은 내 수학 문제집이니까, 내 방에 머물러. 그동안 땅속에서 고생했어."

나는 초콜릿 케이크를 한 숟가락 떠서 먹었다. 달달한 초콜릿 맛이 입안에 가득 퍼졌다. 가혜 수학해방일 2주년을 기념하기에 더 할 나위 없이 좋은 맛이었다.

광복절, 미술학원은 오전만 가고 오후에는 쉬었다. 오후에 윤희가 가장 맛있다고 칭찬한 떡볶이를 먹으러 갔다. 옛날식 시장 안에 자리한 떡볶이 가게였다. 겉모습만 봐서는 도저히 윤희가 으뜸으로 꼽을 만한 맛을 만들어 낼 떡볶이 가게로 보이지 않았다. 그렇지만 먹고 보니 겉모습과 맛은 아무런 상관이 없었다. 그 가게에서 먹은 떡볶이 맛은 말로 표현할 방법을 못 찾을 만큼 뛰어났다. 윤희가 괜히 으뜸으로 꼽은 떡볶이가 아니었다. 떡볶이를 먹고, 오후 내내 함께 놀면서 윤희와 나는 친구가 되었다.

윤희와 친해지고, 현준이와 끝장나고, 수학 문제집은 다시 돌아왔지만, 나혜 고집은 꺾이지 않았다. 방학 내내 이어진 고집에 엄마도 서서히 흔들리는 기색이 보였다. 어쩌면 나혜가 이길지도 모른다는 생각이 들었다. 그렇다고 엄마가 쉽게 백기를 들 것 같지는 않았다. 남은 방학은 그 전과 똑같이 바쁘게 보냈고, 개학은 어김없이 찾아왔다.

개학을 해도 나혜와 엄마는 바뀌지 않았고, 나는 스마트폰에 대한 미련을 버렸다. 0과 1이라는 가장 단순한 숫자로 이루어진 멋진 창조물 스마트폰, 그 단순한 숫자가 만든 엄청난 네트워크와 욕망 덩어리, 단순하면서도 위대한 작품은 내 손을 떠난 지 오래다. 나는 비문명인이었고, 0과1이 만든 네트워크에서 소외된 인간이었으며, 친구들과 말로만 소통하는 진정한 아날로그 실천자였다.

학교 수학 수업은 조금 달라졌다. 그 전과 다른 시선으로 수학 수업을 들으니 수업이 나름 재미있었다. 물론 나는 다른 애들과 사정이 달랐다. 나는 수학 점수를 잘 받지 않아도 괜찮기에 마음이 가벼웠다. 다른 애들은 문제풀이를 빠르고 정확하게 하려고 애써야 하지만, 나는 수학에 담긴 신비로움을 찾는 여유를 부릴 수 있는 처지였다. 여유롭게 바라보니 선생님 손에서 풀려 나가는 공식과 풀이에 담긴 의미가 새롭게 다가왔다. 수학을 좋아한다고 말할 수는 없지만, 나름 수학이 지닌 매력에 점점 이끌렸다.

개학 후 첫 일요일, 엄마가 드디어 나혜에게 백기를 들었다. 미술 학원에 보내 주겠다고 약속을 했다. 아무런 조건도 걸지 않았다. 엄마는 거의 자포자기 심정으로 나혜에게 굴복한 듯했다. 나혜는 승리를 쟁취한 개선장군처럼 즐거워했다. 친구들한테 전화를 직접 걸어서 자랑을 했다. SNS에도 글을 올려서 수많은 '좋아요'와 '댓글'을 수집했다.

다음 날 월요일, 황당한 반전이 일어났다.

학교를 마치고 집에 오니 엄마는 외출 준비를 다 한 채 기다리고 있었다. 나혜를 미술학원에 등록해 주기 위함이었다. 조금 뒤 나혜가 왔다. 엄마가 '같이 미술학원에 가자'고 했다. 그때 어처구니없는 대답이 나혜 입에서 나왔다.

"나 미술 안 해. 다시 수학 공부할 거야."

다른 이유를 덧붙이지도 않았다. 그냥 다짜고짜 그렇게 말하고는 수학학원에 다시 다니겠다고 했다. 수학학원에도 빨리 등록해 달라고 재촉했다. 엄마는 표정 하나 바꾸지 않고, 왜 그러냐고 묻지도 않고, 덤덤하게 수학학원에 연락한 뒤에 나혜를 내보냈다.

나는 뒤통수를 크게 맞은 사람처럼 놀라서 꼼짝도 못했다. 그동안 그렇게 협박하고, 설득하고, 가르치고, 거래를 하자고 해도 꼼짝도 안 하던 나혜가 도대체 무슨 이유로 갑자기 수학 공부를 다시 하겠다고 하는지 궁금해서 참을 수가 없었다. 수학을 다시 하기로 마음먹은 이유를 알아내려고 집요하게 캐물었지만 동생은 대꾸도 안 했다.

나혜가 말해 주지 않았지만 다음 날, 나혜가 수학을 하겠다고 한 이유는 명확하게 드러났다. 월요일에 선생님이 새로 오셨는데, 총각인데다 엄청 잘생겼다. 화요일이 되자 이미 학교 전체에 소문이 쫙 났고, 그 선생님이 지나가면 여자애들이 넋을 놓고 쳐다볼 지경이었다. TV에서만 보던 아이돌이 실물이 되어 학교 안을 돌아다니니 열광하지 않을 수 없었다. 하루밖에 안 지났는데 선생님을 좋아하는 팬클럽이 생겼다는 소문도 돌았다. 그 아이돌 선생님은 수학이 전공이었다.

아이돌 수학 선생님은 월요일에 딱 한 반에서만 수업을 했는데, 그 반에는 김나혜라는 철부지 여중생이 있었다.

며칠 뒤, 엄마가 만들어 준 팥빙수를 같이 먹는데 나혜가 아주 해맑게 말했다.

"나는 세상에서 수학이 가장 좋아."

나혜는, 나로서는 아무리 애를 써도 풀 수 없는, 미지수 같은 존재였다.

떡볶이를 두고, 반정식을 먹다

드디어, 0과 1의 세계로

　나혜가 세상에서 가장 수학을 좋다고 한 날, 엄마는 내게 새 스마트
폰을 사 주었다. 그것도 최근에 막 나온 최신형이었다. 스마트폰 불빛
이 들어오고 내 손에서 첫 화면이 떴다. 눈물이 앞을 가리지는 않았지
만 꽤나 뭉클했다. 이 조그만 물건을 손에 쥐려고 그동안 나는 잎새에
이는 바람에도 괴로워하지 않았던가?

　스마트폰을 산 뒤에 곧바로 친구들과 끊어졌던 선을 다시 이을 앱을
깔았다. 영문자와 숫자로 김가혜임을 증명하자 반가운 얼굴들이 동그
라미 속에서 나타났다. 활동 중인 친구들 모습이었다. 나도 드디어 0과
1이 만든 네트워크에 다시 접속했다.

　오랫동안 들어가지 못했던 단짝 친구들 방으로 들어갔다.

💬 얘들아, 내가 돌아왔어!

조금 뒤 열렬한 환영 인사가 이어졌다. 툭 끊어진 선이 다시 단단하게 이어졌다. 이 느낌, 되살아나는 느낌이 좋다. 좀비에서 사람으로 돌아온 이 기분이 좋다.

0과 1이라는 단순한 숫자가 빚어낸 놀라운 창조물이 내 손에서 사랑스럽게 빛났다.